CONTENTS

CROSS NOVELS

CONTENTS

えとがみ
―干支神―
辰神は童貞太子に愛される

プロローグ

天界、干支神《えとがみ》の国に秋が訪れたことを、翠綺《すいき》は肌で感じていた。

薄ら寒くなってきたからではなく、如何《いか》にもこしらえた温もりが押し寄せるからだ。

ゆえあって寅神《とらがみ》の皇子《みこ》を殺したことで罰を受け、春の終わりから地下牢に囚われている翠綺に、大神《おおがみ》はことのほか甘かった。

翠綺はどうしているだろうか。あのように美しい子に苦労はさせられぬ――と周りの者にこぼし、粗略に扱わないよう言外に命じているらしい。

翠綺が囚われているのは中央府の大宮殿の地下牢で、元より身分ある神のための牢ではあるが、それにしても翠綺の扱いは格別なものだった。

青畳を何十枚も敷き詰めた広い床の下には、金物の管が蛇《へび》の如く這《は》わせてあり、寒い時分には熱した油が流される。畳がじんわりと温かくなるうえに、その上に敷かれている布団《ふとん》は絹とわたを贅沢《ぜいたく》に使った三枚重ね。上がけには、空気のように軽い水鳥の羽根が詰められている。しかも毎朝引き上げられ、天日でふかふかにして返された。

格子の向こうでは近衛が絶えず湯を沸かし、うるおいに満ちた風を大きな団扇《うちわ》で送ってくる。

牢内には草花が飾られ、黄金色や紅色に色づいた葉が、花に劣らず美しい。

空が見えなくとも光が射さなくとも、季節の移り変わりがよくわかる。

あにはからんや、囚われの身とはいえ翠綺は大神の皇子。それも格別な寵子《ちょうし》だ。

辰《たつ》の大将《たいしょう》も兼ねている大神は、美しいものに目がない辰の性《さが》を体現している。要するに好色な神で、数多《あまた》の子を持っていた。

されど美しさにおいて翠綺に並ぶ子はいない。皇子でありながらどの姫にも勝っている。

神力で一番なのは日嗣《ひつぎ》の御子《みこ》たる辰の太子《たいし》だが、翠綺もなかなかのものだった。何番手か定かではないものの、上から数えたほうが早い実力者なのは間違いない。

さりとて神殺しは大罪――。

寅神の皇子自身から頼まれたとはいえ、容易に許されることではなかった。

「翠綺、もうすぐ誰か来るようだ」

退屈しのぎの鍛錬《たんれん》の相手、牙王丸《がおうまる》が、視線を格子の外に向ける。

身分が高く大神の覚えが目出度いこともあり、特別に入牢を許されている亥《い》の太子だ。

「隙《すき》あり」

手刀で空を切った翠綺は、牙王丸の首を容赦なく狙う。

当たれば重傷になるだろうが、にぶい男でないことはわかっていた。

斜め後ろを向いていたにもかかわらず、牙王丸は淡茶の長い髪をなびかせながら背中を反らせる。畳に手をつくこともなく宙で後転し、振り上げた足で翠綺の肘《ひじ》を蹴ろうとした。

「そうはいくか」

身軽さが自慢の翠綺は、袿《うちぎ》姿で凪のように舞う。

咎めなど受けていない牙王丸はもちろんのこと、本来の翠綺も空を飛べる力を持っていたが、鍛錬のときは神力を使わないのが鉄則だ。

あくまでも体術のみで戦い、避け損ねて殴られても蹴られても文句はなし。

大神の寵子である翠綺の鼻をへし折ったとしても、お咎めは一切なしだ。

それは相手が誰であれ同じだったが、保証があったところで大神の皇子を傷つけるのは得策ではない。翠綺と本気で戦う者など、牙王丸の他にはいなかった。

そもそも、すこぶる強い翠綺を相手にできる猛者《もさ》自体が、そうそういないのだ。

「グ、ゥ!」

牙王丸が格子の外を気にしている間も、翠綺は攻撃をやめなかった。

まともに入った蹴りが、牙王丸の浅黒い腕に食い込む。

めきっと音がしたが、かろうじて骨までいかない手応えだった。さすがは亥の太子だけあって、その肉体は重厚な筋骨の塊《かたまり》。鋼鉄の鎧でもまとっているような頑丈さに、翠綺の足がしびれる。

「いい加減にしろ、いらだっているのか？」

「こんなところに何ヵ月も閉じ込められて、いらだたないわけがない」

「それは確かに」

ぶんっと翠綺の足をはねのけた牙王丸は、あえて両手を上げて胸を開く。

降参を示すと、「本当にこれで終わりだ。客人が来る前に身形《みなり》を整えろ」と声を低めた。

「これからだというのに、無粋な客め」

「そんなことをいっている場合ではないぞ、この気はおそらく辰神だ」

「ほう、わかるのか？　力を封じられたせいか、俺にはまったくわからない」

「強者の気には敏感になるものだ。くちおしいが、辰に敵《かな》う種はない」

「なるほど、生存本能だな。被食者の性というやつだ」

「いや待て、亥は被食者ではないぞ」

「ところ変われば被食者であろう？」

亥の太子に向かって失礼極まりないことをいう翠綺に、牙王丸はこぶしを向ける。

それを手のひらでぱしりと受けた翠綺は、「人界の猪《いのしし》は畑を荒らす害獣で、高滋養の食物でもあると聞く。お前を牡丹鍋《ぼたんなべ》にして食ってやろうか？」とさらに煽った。

「それはいいな、食えるものなら食ってくれ。其方《そなた》に食われるなら本望だ」

「うれしそうな顔をして、気味の悪いやつだ」

「惚れた相手の唇《くちびる》や舌に私の肉が触れるのだから、うれしいに決まっている」

「どこの肉が触れることを想像しているのやら、童貞男の妄想は気色悪い。それはそうと、辰神なら兄上だな」

「兄上というと、同腹の？　圭夕《けいゆう》殿か」

翠綺は牙王丸の体をこぶしごと力任せに浮かしたが、すぐれた身体能力を持つ牙王丸の体はゆらがず、片手倒立も同然になる。さながら曲芸のような有り様だ。

しかしあくまでも肉体を使っているだけで、それ以外の力は一切使っていない。

なにも知らない第三者が見たら、神力で浮いているに違いないと思わせるほどしなやかに動くあたりは、太々《ふてぶて》しい獣《けもの》の猪とはかけ離れていた。

「兄の圭夕であってほしいという希望的観測だ。こんなところを見られたら『お前は反省もせず遊んでばかり』と嫌味をいわれそうだが」

「確実にいわれるな」

「座学にしか興味がない根暗な男だ」

一度は天井に足裏を向けた牙王丸は、翠綺の手のひらを弾くようにして畳に下りる。

大柄な身でありながらも軽やかで、遅れた狩衣《かりぎぬ》の袖《そで》がふぁさりと落ちた。

「圭夕殿と其方を足して割ったらちょうどいいのにな」

「冗談じゃない。俺は俺のままが好きなんだ。誰とも足されたくないし割られたくもない」

「其方らしいな、私としてもそのままの其方が好きだ」

「お前に好きといわれてもいまさらで、うれしくない」

「いいすぎているということか？」

「聞き飽きて新鮮味がないのは確かだな」

「ほう、では少しひかえるとしよう」

「同じ台詞《せりふ》を何度も聞いているぞ」

「それはいかんな。とにかく私は行く、明日また来る」

畳に落とす影まで大きい牙王丸は、たっぷりとした髪をゆらして格子戸を開ける。

亥神でありながらも牙王丸の髪は白に近い淡茶色だ。

人界では白猪は神の遣いとされて特別な扱いを受けているが、もて囃《はや》される希少種なのは天界でも同じことだった。

「――愚かな弟よ、大神様より私が遣わされた意味がわかるか」

牙王丸が西側の階段に向かった直後、東側から下りてきたのは予想通りの相手だった。

大神様より遣わされたといっている以上、これで事が動きだすのは間違いない。

鍛錬ではびくともしなかった翠綺の心臓は、たちまち高鳴り始めた。
示しをつけるために、大神はなにかしら条件を出してくるだろう。
それがどれほどきびしいものであれ、呑めばここから出られるやもしれない。
神力を奪われて封じられ、雷鳴の幻聴を聞くばかりの日々が、ついに終わるのだ。

一

子《ね》、丑《うし》、寅、卯《う》、辰、巳《み》、午《うま》、未《ひつじ》、申《さる》、酉《とり》、戌《いぬ》、亥を十二支と定めた神は、遠い昔に霊界へと昇っていった。便宜上、始祖神と呼ばれている。

天界に残された十二支の一族は、去り際の始祖神から神格を与えられて干支神となり、ひとつの国を作った。

政《まつりごと》を行う中央府を取り囲む形で、放射状に十二の都を築いたのだ。

人界では十二支が一年ずつ順番に大将を務めたり、十二支の大将は亥だという説があったりと様々だが、実のところ辰と他の種族の間には越えられない壁がある。

他の種族がどれも数多く存在する雑多な生物であるのに対し、辰は神格を与えられる以前から神に近い希少な存在で、異能を持っていたからだ。

辰神の中にも格差はあるが、特にすぐれた者は、人界の天候を操ったり雷を落としたり、物体を透かし見る能力を持っている。

翠綺もまた、そういった特別な辰神のひとりだった。今はありとあらゆる神力を大神に奪われ無力な状態にあるが、あくまでも一時的な話にすぎない。

「これはこれは兄上、こんなむさ苦しいところにようこそお越しで」

「むさ苦しいだと？　これほど飾り立てられ、絹や翡翠《ひすい》が煌《きら》めくこの牢のどこがむさ苦しいのだ。罰を受けている身でありながら贅沢の数々、呆《あき》れ返る。大神様は其方を甘やかしすぎだ」

「そういわれましても、俺から要求したものなんてひとつもないので」

「俺などというでない、顔に似合わず品がないにもほどがある」

「顔は品があるってことですか？」

「そんなことはいっていないっ！」

「いってるじゃないですか……大きな声を出さないでください」

辰の大将を兼ねる大神の皇子である翠綺は、厚い座布団に袿姿で座り、扇《おうぎ》を広げる。

むさ苦しいといったのは皮肉だが、ここが本来の住居と比べてつつましいのは事実だった。

大神にいわせると、翠綺に見合うほど美しい場所はそうそうないらしい。

如何に上等な絹も、翠綺が誇る長い黒髪の艶《つや》と比べれば見劣りするし、磨き抜かれた翡翠の宝飾品も、漆黒の睫《まつ》毛《げ》に囲まれた翠眼《すいがん》の輝きには及ばないからだ。

　頭から生える二本の龍の角も、さながら白真珠で出来ているかのようにきららかで、目鼻立ちはもちろんのこと、手足の長さから爪の形や色に至るまで、翠綺の体は特筆すべき美麗なもののみで形作られている。

「まったくつくづく可愛げのない弟だ。ありがたみを感じぬ其方の傲慢《ごうまん》さには腹が立つ。其方が神殺しの大罪を犯したせいで、私や母上の立つ瀬がないというのに、なんと厚かましい」

「なにか御不便をおかけしましたか？」

「かけられているとも。母上は女官を減らす破目になり、頭を痛めておられる」

「心は痛めないあたりがさすがですよね」

「そのように揚げ足を取るものではない」

格子の向こうに立ち、握った扇をきしませている兄は、名を圭夕という。

干支神全体で見れば有能な雄神《おすがみ》だが、大神の皇子の中では平凡な部類だ。

父親に大勢の妻や側室がいて兄弟が多いとなれば、同腹の者とは仲がよいのが普通だった。

一方で、母親の愛情を奪い合ったり比較されたりといった事情から、同腹だからこそ仲が悪く、険悪な場合もある。

翠綺の母親は、己《おの》が身分を確かなものにした長男の圭夕を溺愛《できあい》し、美しすぎる次男には妬心《としん》をちらつかせた。片や父親の大神は際立った子以外には薄情なところがあり、圭夕と翠綺が不仲になるのは無理からぬ話だった。

「兄上、大神様はなんと仰《おお》せで？」

「安《やす》んずるがよい、やはり甘い条件であった。其方はこれより人界に向かい、一度は死んだ寅神の皇子に会うのだ」

「いまさら百艶《びやくえん》に会ってどうしろというんですか。手をついて謝れとでも？　それとも、あれは百艶自身が望んだことだと一筆したためさせればよろしいか？」

「そうではない。寅神百艶を天界に連れ戻せ。そして入り婿《いむこ》として迎えるのだ」

大神が出す条件は如何様なものか、あらかじめいくつか考えていた翠綺だったが、圭夕の言葉は想定外のものだった。

思いついてしかるべき条件にもかかわらず、しいて避けていたといっても過言ではない。

「百艶を、入り婿に？　俺が寅神一族に輿入《こしい》れするって話じゃなく、百艶をこっちに迎えろっていうんですか？」

「その通りだ。大神様は、其方が百艶を殺したことよりも、百艶が冥王様と契約を結んだことを重く見ておられる。このままではいずれ、干支神から鬼神が出ることになってしまう。大神様はそれを憂い、どうにか阻止したいとお考えだ」

「それって、入り婿にすれば阻止できるものなんですか？」

翠綺の幼馴染である寅神の皇子百艶は、元々は寅の大将の地位が約束されていた寅の太子で、美貌《びぼう》も神力も寅神の中では際立っていた。

辰は別格なので比べようがないが、かつて翠綺は自身よりも力の劣る百艶に惚れ込み、種族を越えた嫁入りを希望していた。行く行くは寅の大将の正妃《せいひ》となるつもりだったのだ。

それがこじれたあげくに百艶は人間の男と結ばれ、翠綺は百艶を殺す破目になってしまった。

恋人を助けるために自ら望んで冥界におもむいた百艶は、『次に死んだら冥界に永住する』という、干支神にあるまじき契約を冥王《めいおう》と結び、今に至っている。

「入り婿になれば、大神様にとっては義理の息子だ。冥王様と契約破棄の交渉ができる」

「それはつまり、今のままじゃ無理ってことですか？」

「無理だ。百艶の実父である寅の大将は冥王様よりだいぶ格下になるからな、交渉が難しい。それに、寅神の大将は息子の好きにさせたいといっているそうだ。百艶の冥界行きが、すべての干支神の恥になることをわかっていないのだ。親子そろってなんと無責任なことか」

圭夕は用意された座布団に腰を下ろすことなく、立ったまま眉《まゆ》をひそめた。

翠綺が寅神一族に輿入れすれば、不仲の弟と顔を合わせる機会が減って好都合であるにもかかわらず、圭夕は以前から翠綺の輿入れに反対していた。

個人的な意見よりも、辰神としての体面を重視するところがあるからだが、こうなった以上、翠綺と百艶の婚礼を受け入れるしかないと考えているのだろう。

「我ら辰神王族と縁を結べるうえに、息子が鬼神になるのを阻止できるのだから、寅の大将には願ってもない話のはず。それを拒むとは、いったいなにを考えているのやら」

「寅には寅の誇りがありますから、こちらが思うほど歓迎されるわけじゃありません。子も寅が生まれる確率は低いので、百艶の父親は寅の雌《めす》と結婚するのが一番だと思っていたようです」

「無礼な話だ。そのような状況でよく輿入れする気になったな」

「過去のことはさておき、息子とはいえ子供じゃないんですから、寅の大将のお考えはもっともかと。俺としても人間を選んだ百艶に未練はないし、見苦しく追う気は毛頭ありません」

いまさら百艶と結婚など考えられない翠綺を余所《よそ》に、圭夕は「未練がないなどと嘘《うそ》をつくな。どうでもよい相手に雷を落とし、焼き殺せるはずがない」と、いささか声を荒らげる。

「何度もいってますけど、百艶が望んだことなので」

「いくら頼まれたにせよ、幼馴染によくもそのような真似ができたものだ。殺すほどの愛憎など私には理解できない。なんとまがまがしいことか」

「いや、だから……愛憎で殺したわけじゃなく、頼まれたから友情で殺してあげたんです。その判断が正しかったとは思っていませんが、望みを叶えてやらなかった場合の現状が、今よりいいものになっていたとも思いません」

あのとき、もしもかたくなに拒んでいたら——百艶は今ごろ天界にいたかもしれない。

恋人を失い、茫然自失の体《てい》で流されるまま自分と結婚していた可能性もあるが、そうだったらいいのにとは微塵《みじん》も思っていない。

それはもう、自分が惚れ込んだかつての百艶ではないからだ。

「翠綺、其方の想いがどうであれ、ここから出たくば大神様の仰せに従うよりほかない。百艶の想い人となったのは徒人《ただびと》の雄であろう？　其方の敵ではないはずだ」

「今は百艶の眷属《けんぞく》になっていますが、元は普通の人間の男です。男というか童子《わらわ》のような……」

「ならば競うまでもない。其方は子を産めるのだし、見目は辰神一とうたわれるほどすぐれている。その気になって落とせぬ道理がない」

「兄上にほめられると妙にこそばゆいんですけど」

悪態をつきつつも、さてどうしたものかと迷う。実父とはいえ大神は絶対的な存在だ。

千支神の国の支配者である大神が出してきた条件を、無下にするわけにはいかない。

なにはともあれ牢から出なければ始まらないが、適当な約束をするのは避けたかった。

ここはいったん引いて大神の情に訴える文を出し、別の条件が提示されるのを待つべきだろう。

「其方の助けとなるよう、大神様が寅神の颯《はやて》を遣わされた」

「——っ、颯を？」

まずは兄をどうにかしなければと思った矢先、意外な名に耳を疑う。

寅神の颯は百艶の弟で、非常にかしこく将来有望な聖童として名高いが、まだ五歳の皇子だ。

「なんだってあんな子供を？」と訊《き》くなり、「颯に直接訊くがよい」と返される。

圭夕は東側の階段に向かって、「颯をこれへ！」と声を励ました。

「翠綺様ぁ！」

鈴を転がすような愛くるしい声と、たたたっと軽快な足音が聞こえてくる。

童直衣《わらわのうし》姿の寅神の皇子、颯が駆け寄ってきた。

颯は百艶と同腹で、幼いころの彼によく似ている。つまりは見目よく、五歳の今は極めて可愛い童子だ。見るからにやわらかそうな褐色《かつしょく》の肌と、早春の空色の眼、短いながらにふんわりと豊かな銀色の髪。その間からひかえめに突きだす白虎の耳が、これまた実に愛らしい。

「颯、どうしてお前がここに？　大神様になにをいわれたんだ？」

「翠綺様、ごぶたさしております！」

「ごぶたさじゃない、御無沙汰《ごぶさた》だ。利口なわりに興奮すると間違えるのは相変わらずだな」

「ご、ごめんなさい、御無沙汰、しております。全然お変わりなくて、お元気そうで、とっても安心しました。百艶兄様のことで、翠綺様が牢に入れられてるって聞いたときは、僕……すごくびっくりして、信じられなくって、どうしたらいいんだろうって……っ」

「颯、そのようにめそめそ泣くな。可愛くてなんでもしてやりたくなる」

「それなら僕、いくらでも泣きます！　翠綺様、お願いです！　僕と一緒に百艶兄様のところに行ってくださいっ」

目を合わせた途端にうるむ颯の瞳は、どこまでも無垢《むく》で澄みきっている。

濡れた銀灰の睫毛は目をみはるばかりに長く、艶々とした褐色の肌は桃色に染まっていた。

牢を囲む格子を忌々《いまいま》しく思うほどに、近づいて抱きしめたくなる美童だ。

百艶が颯と似た姿だったころは、自分も同じく子供だったので理解しきれていなかったが、颯を見ていると、仔寅神が如何に愛嬌《あいきよう》のある神かよくわかる。

感情に任せて素直に動く耳と同様に、白銀に黒い縞《しま》が入った尾もよく動き、しかも細い体には不似合いなほど長く立派で毛吹きがいい。もっふりと重たげにゆらゆらゆれる尾を含めて、まこと寅神は触れたくなる魅力にあふれている。

「百艶のところに行くもなにも、寅の大将は俺との結婚を望んでいないそうだが、違うのか？」

「それは、その……父上は、兄様の好きなようにさせたいとおっしゃっています。誰と結婚しようと、親としては祝福するだけだと、そうおっしゃるんです」

「ほう、ずいぶんと寛容だな」

「何事もあまりこだわらない方なので、それでいいのかもしれませんけど……でも僕はそんなの納得できなくて。だって、兄様は寅の太子だったんですよ！　ただの皇子じゃありません！」

「──そうだな、百艶以上に太子に相応《ふさわ》しい皇子はいなかった」

「そうですよ！　それなのにただの皇子に降格になってしまって、そのうえ、なんで人間の雄と結ばれるんですか？　しかも行く行くは冥界行きだなんて！」

「颯……気持ちはわかるが、少し落ち着け」

「落ち着いてなんていられません！　冥界には鬼と亡者がいっぱいいて、暗くて汚いところなんですよね⁉　兄様が冥界で鬼神になるなんて、僕はいやです。絶対いやです！」

両手のこぶしに力をこめて叫んだ颯は、ぶわりと涙をこぼす。

圭夕と翠綺の関係とは違い、颯は同腹の兄である百艶を慕っていて、いずれは寅の大将となる兄を心から尊敬していた。

翠綺との結婚話が御破算になり、百艶が次期大将の座を追われたことも、下界に落とされて人間の男と結ばれたことも、次に死したら冥界で暮らすという契約も、受け入れがたいのは当然だ。なんでも許してしまう寅の大将が変わっていて、身内としては颯のほうが普通といえる。

「翠綺様、どうか助けてください。兄様は僕の誇りなんです！」

「――冥界とはいえ、すべてが暗く汚いわけではないし、あくまでも遠い先の話だ。今の百艶は人界でたのしく暮らしている。ここでさわいでどうなるものでもない」

「それでは一緒に行ってくれますか⁉　僕、兄様の前でさわぎます。母上も兄様が天界に戻ってくるのを期待しているし、婿入りにも賛成してます。とにかく天界に戻ってきてくれたらそれでいいっておっしゃってるんです。だから……僕にこれを……これをくれました！」

颯は目の色と同じ空色の水干《すいかん》から、薄桃色の巾着《きんちゃく》を取りだす。

なにが入っているのか訊くまでもなく、『和太太備《わたたび》』と刺繍《ししゅう》がほどこされていた。

「和太太備？　和太太備というと、猫に効くあれか？」

「はい！　でも普通の和太太備じゃないんです。これは母上が苦労して手に入れてくださった、門外ふちゅちゅの、秘伝の和太太備なんです！」

「門外不出か？」

「そう、それです！　門外……ふっ、不出の、秘伝の和太太備なんです。これ、辰神の皆様には大丈夫でも、寅神にとってはものすごく危険なものなんですよ！」

巾着を格子越しに見せてきた颯は、隣にいる圭夕にもそれを見せる。

立派な尾を犬のように激しく振って、興奮を示していた。

和太太備が効いているのではと心配になるほどだったが、爛々《らんらん》と輝く瞳は真《ま》っ当《とう》な夢と希望に満ちている。

「媚薬として効くとか、そういうことか？」

「はい！　これは成熟した雄の寅神にとって、強力な媚薬になるそうです。僕は子供だから持ち歩けるけど、大人の雄だと袋に入れてても危険なんですって」

「それを俺に使えというのか？」

颯の夢と希望――それは百艶が天界に帰り、神力を取り戻して高い地位を得ることだ。

干支神最上位の種族である辰神一族への、それも王家と尊《たっと》ばれる大将一族への婿入りは大変な名誉であり、寅の太子ほどではないにしても、百艶の地位は十分高いものになる。

「お綺麗で艶っぽいと評判の翠綺様が……どうして兄様に振られてしまったのか、僕には大人の事情はわかりません。でも、これを使えば大丈夫です。百艶兄様は人間の恋人と別れて翠綺様を好きになります。これさえあれば、もう二度と振られません！」

悪気など欠片《かけら》もない颯の励ましに、翠綺は言葉を失う。

反対に圭夕は声を出して笑っていた。にらみつけても余裕な顔で、めずらしく上機嫌だ。

「翠綺、其方が百艶に袖にされたのは事実だ。秘伝の和太太備の力を借りて、必ずや百艶の心を取り戻せ。我ら干支神は崇高《すうこう》なる存在。鬼神になる者など、決して出してはならぬ」

「翠綺様、お願いします！」

大神の遣いとして威圧的な態度を取る実兄と、うるうると目をうるませて懇願《こんがん》してくる愛らしい五歳児の視線を受けながら、翠綺は龍の角をかく。こういう形で牢を出るつもりはなかったが、出ないことには始まらないのは確かだった。

二

神力を取り上げられた身で人界に向かった翠綺は、颯とともにN県御多神村《おたかみむら》に降り立った。

村で唯一の神社の跡取りが昭和の終わりに途絶え、それを機に地神《じがみ》である干支神への信仰心が薄れた村だったが、寅神百艶の降臨によって今はかつてないほど信心が深まっている。

約二十キロ離れた姫美沢町《ひめみざわまち》が、観光地及び新興住宅地として栄えたこともあり、村から町へと移住する者も多く、高齢者ばかりが残るさみしい村だ。

人間が思う以上に清らかな地である御多神村に降り立ったふたりの皇子は、お互いに人界用の衣服一式を風呂敷に包んで自らの手で持ち、供もつけていなかった。

大神は十二人の供を用意してくれていたが、翠綺は思うところあってひとり残らず置いてきた。

幼いとはいえ颯は神力をそれなりに使えるので、万一の場合は颯に頼れば十分だ。

人界で起こる問題など、空さえ飛べればおおむね回避できるだろう。

大地を駆け抜ける必要があれば、獣姿に変容させれば済むことだ。仔虎とはいえ虎は虎、翠綺ひとりを乗せて走るくらいの力はある。

「颯、ここが百艶の住む御多神村だ。古《いにしえ》より干支神とつながりのある村で、村民は干支神の存在に関して口が堅いと聞いている。新しい神社は山の頂上に建立《こんりゅう》中らしい」

薄闇の中、神姿で祠《ほこら》の前に立った翠綺は、十二基の鳥居の先にある小山を指差した。

今、翠綺と颯が背にしている神山《しんざん》『神《かみ》おもね山《やま》』は、雲を突く高い山で、干支神の住む天界につながっていると考えられてきた。

平成の世になった現在でも、立ち入りが禁じられている未開の山だ。

信仰通り、本当に天界につながっている。

昔の村人たちは、神山の麓《ふもと》に連なる平地を含めて干支神の地とし、神聖視してきた。

そのため御多神村では平地に家を建てることはなく、森と田畑として利用している。

平地を挟んで神山の真向かいにある小山を切り崩し、そこに家を建てるのが村の仕来《しきた》りだ。

蛇行した坂の途中に無数の家が並んでいて、上に行けば行くほど大きく立派な家が多くなる。

「よかった、人界でも兄様は一番高いところに住んでいらっしゃるんですね？」

「まあ、そうなるな。新しい神社の奥に新居があると聞いている」

「つまりここは古い神社なんですよね？」

「ああ、ただし天界とつながっているのはこちらだけだ。小山の上の新しい神社は、百艶がいるという点では神聖だが、ただそれだけの場所ともいえる」

「……干支神の神社というより、寅神の神社ですね？」

「そういうことになるな」

理解の早い颯とともに、翠綺は月光に照らされる小山のいただきを見すえる。

かつて自身が雷を落とした場所が、百艶の神社になるとは夢にも思っていなかった。

まだそれらしき形になっていない建立中の神社の裏手に、新しい家が建っているのが見える。

神力が使えれば透視も可能な翠綺は、新居で繰り広げられる百艶と北原瞬《きたはらしゅん》の甘い新婚生活を、否応なく想像してしまった。

「透視能力をなくしていてよかった気がする」

颯に聞こえぬようつぶやくと、なにも知らない颯が軽快な足取りで跳びだす。

中央府に来るときの童直衣姿ではなく、童子用の狩衣に等しい半尻《はんじり》姿で鳥居に近づいた。

神社から見てもっとも手前にあるのは、一番手の干支、子の鳥居だ。

「神社は古くても鳥居は鮮やかな色で綺麗ですね。翠綺様、早速ですがあの小山を登りましょう。歩くのがおいやでしたら僕が虎になります！　それとも空を飛んでいきますか？　夜ですし、この村では力を使っても構いませんよね？」

「いや、待て。いくら御多神村の中とはいえ、徒人に神姿や獣姿を気軽に見せるべきじゃない。この村で暮らす百艶はともかく、我々はすぐ帰るんだからな」

「はい、浮かれて申し訳ありません。兄様の近くまで来られたのがうれしくって」

半尻を透過する虎の尾を波打たせ、颯はぺこりと頭を下げる。

翠綺は百艶と瞬の新居に行く気などなかったが、颯は当然のように「徒歩で参りましょう」とこぶしを交互に振った。元気に小山を登る気でいるらしい。

いつの間にか子の鳥居を越え、丑の鳥居の前まで進んでいた。

「徒歩でも駄目だ。寅神は耳がいいし、力を失っている俺はともかく、お前には光輝がある。微々《びび》たるものとはいえ、近づけば気づかれる」

「あ、はい……そうですよね」

颯の体から放たれる神の光輝を、「微々たるもの」といったのは「振られた」と繰り返されたことへの腹いせだったのだが、颯はまるで気にしていない様子でほほ笑んでいる。

屈辱を受けると牙を剝《む》く辰神の童子とは勝手が違い、あまりにほがらかで調子が狂った。

「……あの、でも、気づかれたらいけないんですか？　百艶兄様の前でさわぐようにとおっしゃったのは翠綺様じゃないですか」

「いや、そんなことはいってない。天界でさわいでも無意味だといいたかっただけだ」

「――え？」

「颯……百艶は恋人の北原瞬という眷属とともに、姫美沢町で仕事をしている。ここからそれほど遠くないにもかかわらず、観光地として発展した人の多い町だ。そこでなら気づかれずに百艶の様子をうかがえるだろう」

「翠綺様、僕は兄様の様子をうかがいにきたわけではなくって……連れて帰るための説得をしにきたんですよ」

丑の鳥居に手を触れながら、颯は頭ごと斜めに向ける。

かしこいだけに肝心なことは察しているらしく、笑顔から一転、不安げな表情に変わっていた。

「悪いが俺は違う。お前の期待には応えられそうにない」

「……っ、な、なんで、なんでですか？　僕、秘伝の和太太備も持ってるのに！」

わざわざ胸元から巾着を出して見せようとする颯の手を、翠綺はすみやかに制する。

和太太備であれなんであれ、媚薬を使うなど翠綺には考えられず、姑息《こそく》かつ下劣な品を何度も見せられたくなかった。

自身の容姿がすぐれていることを幼いころから自覚し、多くの皇子や姫から想いを寄せられてきた翠綺にとって、媚薬を使えという提案自体が不愉快なのだ。颯が童子だから許しているだけで、大人ならば横面を張り倒すか雷を落とすところだ。

「颯、そんなものを二度と見せるな。俺は媚薬なんて使うつもりはないし、仮にそれを使って一時的に惹きつけても意味がない。狂おしい恋情を知らない子供にはわからないだろうが、そんな簡単な話じゃないんだ」

「翠綺様……僕は確かに、そういう大人の事情はわかりませんけれど、でも納得できないんです。百艶兄様と結ばれてほしいって願えるのは、翠綺様おひとりしかいないので……今の状況は、絶対おかしいって思うんです」

「颯……」

「だって、幼馴染でしょう？　それにすごく、すごくお似合いなのに」

颯はいうなり涙粒をぽろぽろこぼし、くやしそうに洟《はな》をすすった。

童子というものは、おそろしいほど容易に泣けるのだなとおどろきつつも、気をよくせずにはいられない。

「百艶の弟で、寅神の大将家が誇る聖童から、そのように評価されるのは光栄なことだ。ただ、大人には大人の事情がある。大人同士でも身内同士でも、踏み込んではならないことがたくさんあるんだ。誰もが俺を百艶の最適な結婚相手だと評価したとしても、百艶自身にとって違うなら、それまでの話だ」

「翠綺様……」

「まあとにかく、今夜はここで休むぞ」

ある程度は理解してもらえたようだなと胸をなで下ろし、丑の鳥居をくぐらずに古びた神社に扇を向ける。

来た道を戻ることになった颯は、「はい」と返事をした直後に、「はい⁉」と飛び上がった。

「こ、ここで⁉　こんなところで⁉　嘘ですよね⁉」

「嘘をいってどうするんだ」

「え、だってここ、古くて暗くてっ、翠綺様が出入りするような場所じゃないですよ。翠綺様、天界でも贅沢で有名じゃないですかっ」

思わぬ返しに翠綺が黙ると、颯は寅神らしい俊足で神社に向かう。

天界の干支神の国とつながる聖地であることを示す祠の横を走り抜け、古い建物を舐《な》めるように見上げた。

「やっぱり無理ですよ、蜘蛛《くも》とかいそう！」と泣きべそをかく。

ふわふわの銀髪頭から突きだしていた虎耳が、髪に隠れるように平らになった。

「蜘蛛を見たらじゃれつくものじゃないのか？」

「僕そんなに子供じゃありませんっ」

「怖いんだな？」

「きらいなだけです！　だって足がたくさんあるんだもの」

「お前だって虎になれば四本もあるじゃないか」

「四本までは平気です」

蜘蛛の姿を思いだすだけで鳥肌が立つらしい颯は、おそるおそる神社の引き戸を開ける。

蜘蛛がいたら飛び上がる準備はできている足取りだったが、広がる空間から流れてきたのは、山と同じ清浄な空気だった。

「ん？　これは……」

「あれ？　意外と、空気は悪くないんですね」

これには翠綺もおどろかされ、感心する。こもっていたはずの空気が神の身に清浄に感じられるのは、ここが信心深く心美しい者によって掃き清められている証拠だ。

「そうだな、確かに粗末《そまつ》で俺には不釣り合いの場所だが、ここでいい。旅先では文句をいわない主義だ」

「……えっ？　翠綺様が寅神の都に来られたとき、新しい宿でなければ眠れないとおっしゃって、仮御殿を大急ぎで新築させたって話は嘘だったんですか⁉　そのときに持ち込まれた直衣は百着以上で、滞在日数の二十倍。馬車も牛車も白でなければ縁起が悪いとおっしゃり、午神や丑神の一族に無理をいって合計二百頭も用意させたとか、伝説になっていましたよ！　あと、暗いのはみじめったらしくていやだとおっしゃって、行燈《あんどん》を千個も作らせて灯させたんですよね⁉」

「……っ、またその話か」

同じようなことを他の者からもいわれている翠綺は、耳をふさぎたい思いでまぶたを閉じる。

大神の寵愛を受ける皇子として、当時はほんの少しばかりの贅沢にすぎないと思っていたが、何度もいわれる以上は度を越していたのだろう。結局百艶に袖にされたことを考えると、嫁入り気分で浮かれていた過去が恥ずかしい。

「とにかく、今はここでいい。古いというだけで汚れていないだけましだ」

「まあ、それはそうみたいですけど」

「干支神は自ら望まない限り人界で汚染を受けることはない。だからといって汚いところですごすのは耐えられない。そういう意味でここは清浄で無難だ。心すがしい者しか出入りしていない証拠だな。人界にそういう場所は少ないらしいぞ」

「はい、それはわかりますけど……」

つぶやいた颯は、沓《くつ》を脱ぐなり仔兎のようにぴょんと跳ねて屋内に入る。

なにも置いていない床を駆け、真っ先に押入れを開けて中を覗き込んだ。

「翠綺様、ここにはお布団がないみたいですよ。座布団はふかふかで真新しいのがありますけど、お布団と枕はないです」

「座布団を並べればいい。厚みがあって真新しいなら上等だ」

「座布団を、並べて？　そんな民草のような真似を翠綺様が？　上がけはどうするんですか？　秋なんですよ、隙間風も入るし、なんだかすうすうしていますよ」

「上がけはないが直衣はある。あとはお前が虎になればいいだけの話だろう」

「変容すれば僕は寒くないですけど、翠綺様は？」

「お前に抱きついて寝る」

「えっ」とおどろきながらも颯は神力を使って宙に浮き上がり、押入れの中に積み上げられていた座布団を手にする。

「ひとまずこれを敷いてみますね」

上段のものを一度に二枚つかんで、音もなく床に下ろした。

皇子とはいえ聖童とうたわれるだけあって身分をわきまえており、辰神の皇子と一緒に行動する以上、自分が率先して動かなければならないことを颯はよくわかっている。

どの一族も皇子や姫は大抵が高慢でわがままだが、颯は違う。気が利くうえに根がやさしく、目上の者からはもちろん、目下の者からも愛される特別な皇子だ。

「座布団をこうして並べて、それで僕が虎になって……翠綺様が僕に抱きつく、と」

「なんだかいやそうだな」

「いえ、そういうわけでは……」

「それならいいが。白銀の和毛《にこげ》に子供特有の温もりがあれば、どんな羽毛に包まれるより極上の眠りにつけるというもの。むしろたのしみになってきた」

「もちろんいやだなんていいませんよ。いいませんけどね」

座布団を並べ終えた颯は、不請《ふしょう》不請《ぶしょう》に変容する。

「むんっ」と声を振り絞ると、その体は瞬く間に白い靄《もや》に包まれた。

衣服は消え、もくもくと立ち込める靄の中に四つ足をついた仔虎が現れる。

「変容、致しました」

いわずと知れたことを口にする仔虎が、明らかに渋っていた理由が翠綺にはわからなかったが、白銀の仔虎を見ていると考えるのも忘れて引き寄せられた。

如何にもやわらかく温かそうな獣に触れたくなるのは、もはや本能だ。

辰は容易に変容できる大きさではないうえに、変容しないことに優位性を感じている一族だが、その分余計に、他種族の獣姿に愛着を持っている。

中でも虎は最上級だ。姿形の美麗さはもちろんのこと、毛色も毛艶も、犬や猪とは比べようもない。普通の獣とは違って体臭は花の香りがして、これがまた素晴らしい。

そして似ているのだ。百艶と颯は、いつも同じ香りがする。白い花のようなやさしい香りだ。

「うん、ぬくぬくだ」

座布団の上で仔虎を抱きしめた翠綺は、そのまま するりと直衣を脱ぐ。

幸いさほど寒い夜ではなく、直衣を上がけにして、獣姿の颯で暖を取れば十分にすごせる。

絹のようになめらかな被毛や、顔を埋めるためにあるとしか思えないほどもっふりとした腹毛に触れると、否応なく百艶のことを思いだした。

恋人としての未練を断ち切っても、この格別な感触への未練はある。

けれども仔虎の颯で十分で、百艶ではなくても構わない程度のものなら、それはもう未練とはいえないだろう。

温かくさわり心地がよければ、それでいいというだけなのだから。

「翠綺様……こんなことしてると、百艶兄様とすごした日々を思いだしませんか？」

「まあ、思いださなくもないな。百艶が仔虎のころから、冬はよくこんなことをしてすごした」

「そうですよね、やっぱり思いだしますよね。それで切なくなったりしますよね？」

獣になっても変わらない颯の声を聞きながら、彼が不請不請変容した理由を察する。

やはりやさしい子なのだ。無用の心配ではあるが、その気遣いは好ましい。

「切ないなんて、そんな感覚がもうわかるのか？」

「いえ、生意気いってごめんなさい。僕には、切ないとさみしいの差はよくわからないです。でも、さみしいは知ってるから、切ない感じも、ちょっとはわかるのかなって」

「百艶がいなくなってさみしいわけか」

「はい、とても」

翠綺の体を足先まで温めるには身の丈が少し足りない仔虎は、頭をこくりとゆらす。

晴天の朝の空色そのものの目は、獣でありながらも神姿のときと同じように澄んでいた。

「百艶兄様は、寅の太子だったし……それに、なにをしてもすぐれていて、優雅で、綺麗で……僕は同腹の弟だから、他の兄弟からよくうらやましがられました」

「そうか、百艶のほうも、お前の兄であることを誇っていた」

「本当ですか？　本当なら、とってもうれしいです」

「本当だとも。耳にたこが出来るほど聞かされてきた。あまり自慢されるので、俺までうらやましくなったくらいだ」

「ありがとうございます、翠綺様。兄様は色恋ばかりで、僕とはあまり遊んでくれなかったけど、それでもよかったんです。雅《みやび》なお姿を拝見できるだけでどきどきして、『颯、久しいな』って、他の兄弟を差し置いて僕だけに声をかけてくれるともう、僕だけの兄様って感じがしてうれしくて、泣きそうなくらい幸せだったんです」

獣姿に似合わぬ感傷的な目に涙をたたえ、颯は前脚で目元を拭う。

かしこいだけにあえて泣き顔をさらすあざといところもあるにはあるが、この涙は隠したくなる種のものらしい。

「そんなに好きだったとは……さみしいどころか切ない心情そのものだな。独占欲やら優越感まであるなんて、まるで本物の恋のようだ」

兄弟の情を兄からも弟からも見せつけられ、翠綺はやれやれと仔虎の頭をなでる。

兄弟間の軋轢《あつれき》に問題を感じていない俺だからいいものの、相手によっては嫉妬《しっと》を買うぞ——と忠告したいくらいだったが、今の颯には酷なので黙っていた。

グルゥ……と鳴いた仔虎は、「これは恋なんでしょうか？　そうだとしたら禁断の恋です」と真面目な顔で返してくる。

「……のようだといっただけだ。慕ったところで性欲がなければ憧れ止まり。砂糖菓子のように甘く、わた毛のように舞う恋心は、近い身内に抱くことも間々《まま》あるもの。独占欲もしかり」

「その、性欲っていうのは、大人にならないとわからないものですよね？」

「そうだ。身も心も重らかに濡れそぼち、夜な夜な蛇の如く閨《ねや》に身を這わせるのが恋情。肉体は正直だからな、区別するのは簡単だ」

「ええと、辰神の翠綺様が……蛇の如く、閨に？　あの、いうまでもなく僕は寅神なんですが、やっぱり蛇みたいになるんでしょうか？」

「そのうちなると思うが、お子様は深く考えなくていい」

仔虎の姿で、颯はフシュッと息をつく。

本当はもっと追及したいが、この辺でやめておきますというような顔だった。

「あの、翠綺様、さっきおっしゃってたのって本当ですか？」

颯は訊きにくそうに訊いてきて、話を本題に戻そうとする。

翠綺としては、はぐらかして早く寝たいところだったが、そうもいかないのはわかっていた。

自分にとってはとうに決めていたことでも、颯にとっては意外な話だろう。

今はっきりさせておかなければ眠ることもままならないと思われる。はっきりさせたらさせたで眠れないかもしれないが、同じ眠れないなら後者のほうがましなはずだ。

「百艶を説得するか否かって話か？」

「はい、その件です。百艶兄様が人間の男と恋仲になっていても……翠綺様が本気を出したら、ふたりを別れさせることができると思います」

「和太太備を使えば……とは、もういわないところはさすがだな。お前はよい子だ」

「ありがとうございます。でも茶化さないでください、僕は本気なんですよ」

「俺だって本気だ」

翠綺が淡々と返すと、仔虎は「ムムゥ」と微かにうなる。

碧眼《へきがん》の上の筋肉を吊り眉のように動かし、なかなかに迫力のある顔ですごんできた。

「本気で断られたら困ります。兄様が天界に戻って辰神王族の入り婿になったら、死後に冥界に行かなくて済むと思うし、辰神様が相手なら雄同士でも子供が生まれるんですよね？」

「まあ、辰神が強く望めば産めなくもないな。産んでもいいと思うほど好いた雄の精を、存分に得た場合に限られるが」

「やっぱり産めるんですねっ、いいですよね、いいことずくめじゃないですか」

「……だがあいにく俺にその気はない。俺が本気を出せば落とせるとは思うが、俺は……というより辰神は、そういう見苦しいことはしないものだ。未練は潔くない」

これは辰神としての一般論であり、正直なところ自分の意見ではなかった。

誰かが決めた普通に従うのは面白くないし、あきらめずにつらぬき通すことは悪くないと思っている。

しかし自分は未練がましくなれなかった。

いや、すでに未練の域に達していたかもしれないが、それでも途中であきらめがついてしまった。なりふり構わず北原瞬から百艶を奪おうとしなかった時点で、程度が知れていたのだ。

だからもう未練はない。

百艶への想いは、すでについえた過去のものだ。

「そんな、そんなこと……僕、そんなことといわれてもあきらめがつかないです」

「こら、虎の姿で泣くんじゃない。可愛くて心がゆれ……ないけどな」

「ゆれ、ないんですか?」

「微塵もゆれない」

こぼす涙は本物でも、あわよくばそれを利用しようとする小利口なところがある颯に、翠綺は皮肉っぽい笑みを返す。

折れてやれることならいくらでも折れてやるが、こればかりはそうもいかない。

「翠綺様がなにをいっても、僕は……やっぱり期待してしまいます。だって現にこうして、兄様のために人界まで来てくださいました。それはすごく特別なことじゃないんですか？」

「いや、お前が思うほど特別なことじゃない。それは退屈だし、平和で暇だからな。しかも牢に閉じ込められて最悪の日々だった。そういうわけで……大神様の条件を呑む振りをして、人界に来てみたくなったんだ。あの百艶が飽きずにまともにやっているのか、幼馴染として気になるところではあるが……まったく全然特別なことじゃない」

仔虎の頭や首をなでながら、翠綺は自分の胸にも問うてみる。

特別ではないと否定する一方で、他の誰のためにもここまでしないことはわかっていた。

人界に興味がある輩《やから》ならいざ知らず、これといって興味はないし、いうほど暇でもない。

皇子の役目として年に六回、無差別級武闘大会を主宰《しゅさい》していて、一年中ずっと予選から本選までの予定が詰まっている。百艶との問題が起きるまではそれなりに忙しい身だったのだ。

「俺は俺なりに百艶の件を終わらせたい。そのためにここまで来たんだ」

泣いて眠くなったらしい仔虎の耳元にささやき、幼子がいっそう眠くなるよう腹をなでる。

手指がいやされる温もりに心までいやされたが、想いの先にあるのは暗黒の世界だった。

「――翠綺様……僕、僕は……」

「颯、眠いのだろう？　今はなにも考えずに眠ってしまえ。お前は頭のよい子だが、まだ子供だ。

干支神は寿命のわりに子供時代が短い。背伸びをするのはもったいないぞ」

「ん……はい……でも、僕、翠綺様の義弟に……なりたかったです。ううん、今でもなりたいと、
思い続けています。まだ、全然……あきらめて、ないですよ」

「颯……そのようにうれしいことをいってくれるな」

なにもかも思い通りに事が運んでいたら、実際にそうなっていたのだろう。

百艶が夫で自分は妻で、颯は義弟。百艶との間に子がたくさん生まれる未来――それはそれで
いいと今でも思わなくはないけれど、終わったのだ。

あの恋はもう、終わったのだ。

三

過疎《かそ》の御多神村から約二十キロ離れた姫美沢町に向かうため、翠綺は昼前のバス停に立った。

現代の日本人が着る服を女官に調べさせ、大学生と小学生向けのものを用意してあったので、見かけは問題ない。もちろん角を消し、人間の姿になっている。

長い黒髪はまとめ、高い位置から下ろしていた。馬の尻尾《しっぽ》のようにゆれるそれを、美貌隠しのキャップの後ろから通してある。

颯はランドセルふうのリュックを背負い、銀髪を黒く変えていた。

バス停の時刻表の見方を考えているうちにバスが来て、とりあえず乗り込むことに成功する。

わからないことはなんでも訊けば済むと、現代日本に詳しい者たちから教わっていた。日本人は親切で、こちらが下手《したて》に出て丁寧な言葉で質問すれば、十中八九無視はされないとか、おせっかいなくらい親切だから心配無用とか、人界経験者によるアドバイスや人界事典の内容は参考になる。

「料金は前払いです。ここに入れてください」

バスにはドアが二つあったが、前から乗るようにいわれた。

運転手の言葉に従い、大人料金と子供料金の合計よりも上の硬貨を入れる。

釣りをもらうという感覚が翠綺にはなかったものの、釣銭口にジャラジャラと出てきた硬貨を颯が受け取った。颯はバスの自動精算機に感動して、「すごい。ちゃんと計算されてるんですね。金額、合ってます」と小声でよろこんでいた。

運転手には妙な外国人客だと思われただろうが、気にせず車内を進む。

通勤時間帯ではないせいか、中はがらんと空いていた。

他の客は先に乗り込んでいた老夫婦と、十代半ばくらいの少女だけだ。

老夫婦が姫美沢に向かう目的はわからないが、少女のほうはわかる。制服を着て学生鞄《かばん》を持っているので、なにか事情があって遅れて登校するのだろう。

このバスに乗り込む余所者がめずらしいのか、あるいは颯の肌の色が異国の血を感じさせるせいか、老夫婦も少女もこちらをじろじろと見た。

視線から逃れるには彼らより後ろに座るのが一番で、翠綺は颯とともに最後尾の長いシートに腰かける。予想通り、もう見られることはなかった。ただ意識だけが飛んできて、どういう人たちなんだろうと思われているのが伝わってくる。

「なんだか注目を浴びてますね」

「姫美沢は外国人観光客も多いと聞く。上手くまぎれられるとよいが」

「そうですね。僕の肌は日本では目立つでしょうし、翠綺様は逆に白すぎて目立ちそうですよね。こんなに白い肌の人間、滅多にいませんよね？」

「俺は翠眼黒鬣《こくりょう》の白龍だからな。黄龍だったら日本人にまぎれやすいだろうが……いや、そうでもないな、黄龍はだいたい金髪だ」

「大神様はありとあらゆる色の子が欲しくてがんばっていらしたって噂、本当ですか？」

「……単に好色なだけじゃないか？　蒐集《しゅうしゅう》は後づけだろう」

バスの最後尾で声をひそめて話しながら、翠綺は愛用の扇を開く。

現代の日本で、しかも季節は秋で、洋服を着ているときに扇を使ったり口元を隠したりするのはおかしいとわかっていたが、これればかりは手離せなかった。持っていないと落ち着かない。

両手が空いていると戦闘態勢になりがちで、神経がぴりぴりと緊張するのだ。

「辰の太子様は黒龍なんですよね？　お会いしたことないですけど、きっとすごく強そうで素敵な御方なんでしょうね」

「そうらしいが、俺も御簾《みす》越しにしか会ったことがない。大神様には子が多いから、太子と他の皇子の身分差が大きいんだ。寵子なんていわれてる俺ですら、辰の太子には気軽に会えない」

「そうだったんですか、やっぱり種族によって全然違うんですね。牙王丸様は亥の太子だけど、僕と一緒に遊んでくれたりして、子供好きでおやさしいんですよ」

「知っている。百艶と同じく、あれも幼馴染だからな」

亥の太子の名を出されたことで、翠綺は彼との約束を思いだす。

鍛錬のために毎日地下牢に来るよう求めたのは自分で、牙王丸はその通りにしていた。

人界行きが決まった日も「明日また来る」といっていたのに、文《ふみ》も出さず言づけすら頼まずに人界に来てしまったのだ。すぐ耳に入るだろうが、忙しい身で登城してから知ったら、「聞いていない」と怒りだすかもしれない。

怒られるのは構わないが、筋を通さなかった罪悪感はある。

「悪いことをしてしまったな」

「どうかされましたか？」

「いや、なんでもない。思えばあやつは、幼いころから面倒見のよい男だった」

「牙王丸様のことですね？　僕は百艶兄様が大好きですけど、遊んだことはほとんどないんです。牙王丸様は会うといつも遊んでくれて、本当の兄様みたいなんですよ」

「そうか、牙王丸は亥の国の都で子供たちに武術指南《ぶじゅつしなん》をしているとか。まさか他の種族の子供にまで教えているとは思わなかった」

「あ、武術を教えてもらっているわけではないんです。本当に遊びですよ、蹴鞠《けまり》とか縄跳びとか、鬼ごっことか、かくれんぼに凧《たこ》揚げ、あと水遊びも。夏には水鉄砲の作り方を教えてくださって、それで銃撃戦ごっこをして遊んだんです。なんでも付き合ってくださいますよ」

「そんなに子供が好きならさっさと結婚して子作りに励めばよいものを」

扇で口元を隠しつつつつぶやくと、颯が「そうですよね」と同意した。

聞こえないほどの声でいったつもりだったが、寅神の聴力はあなどれない。

「牙王丸様が父上なんて、生まれてくる御子は幸せですよね」と、他の客を意識してひそひそと話す颯は、「あ、でも僕も幸せです。父上を尊敬してるので」と照れくさそうに笑った。

「それは素晴らしいな、尊敬できる親を持てるのは生まれながらの幸運だ」

「翠綺様の御父上は大神様ですから、翠綺様は僕よりずっと幸運ですよね？」

「それはどうだろうな。親の地位や力が、そのまま敬意につながるわけじゃない」

あんな節操《せっそう》のない父親を、尊敬できるわけがない――とまではいわなかったが、子供の単純な考えに苦笑がもれる。

これから下野《げや》した百艶の姿を見て、颯がどう思うのか気になるところだった。

寅の太子の地位を失い、数多いる寅神の皇子のひとりとなり、さらには天界から追放され、一度は死んで冥界行きが決まっている兄の姿に、さぞや衝撃を受けることだろう。

百艶は人間の男との生活に飽きることなく、幸せに暮らしているだろうか。はたから見た颯が、幸せそうだと感じられるくらいたのしそうに、如何にも幸せそうにしていてほしい。

そうでなければ颯は納得しないだろうし、自分の胸も再びさわいでしまいそうだ。

いや、それはない。百艶がどんな状態であろうと、決してゆれない――そう思ってはいるけれど、心というものは神ですらままならぬものだと知っている。

油断してはいけないのだ。

「翠綺様、建物がたくさん見えてきましたよ。やっと人界に来た実感が湧いてきました」

空気を読んだのか、颯は親への敬意云々《うんぬん》の話を追及せず、話題をそらす。

車窓から常に見えるのは、舗装された道路と山々の緑だった。

高台を走っているので、木々の向こうにちらちらと姫美沢町が見える。

確かに人界らしい景色だ。マンションやホテル、電波塔など、天界にはない高い建物が点在し、ロープウェイまである。

飛行能力を持っていても、金属製の縄に輿をぶら下げたようなロープウェイには興味があった。

いったいどんな感じがするものなのか、一度乗ってみたいような乗りたくないような、微妙な関心を持っている。

「人間って、いざというときに飛べないのに、あんな怖いのに乗れるんですね」

「正気の沙汰じゃない」

「ですよね、飛べる身ですら怖いです」

「お前にもしものことがあったら困る。決して乗らないように」

「はい。えーと、このバスの終点が姫美沢駅で、そこまで乗っていくんですよね？」

「ああ、百艶が働く店は駅から少し歩いたところにある。公園の近くだ」

「翠綺様は行かれたことがあるんですか？」

「ないが地図は頭に入れてある。お前も一応見ておけ」

翠綺はパーカーのポケットから姫美沢町の地図を出し、颯に渡した。

昨夜の段階では、夜明け前に起きて颯の神力で空を飛び、人目につかないうちに店の近くの姫美沢中央公園まで移動しようと思っていたのだが、うっかり寝坊してしまった。

自分だけではなく颯も寝坊したので、これだから皇子は……と笑い合った次第だ。

おかげで人界の乗りもので移動する破目になったものの、見なれないバスや景色を颯がたのしんでいるのでかえってよかったと思っている。子供らしからぬ知性を持つ颯も、やはり子供だ。

降車ブザーをしげしげと見て、押したそうにしていた。

乗客が増えも減りもしないバスは山道を越え、市街地に入る。ほどなくすると、運転手自らが
『次はー、終点ー、姫美沢駅前ー』と、間延びした声でアナウンスした。

「わ……ぁ、人がいっぱい。人間って本当にたくさんいるんですね」

颯は小声で話しつつ、降車ブザーに未練を見せる。

終点なので押さなくてもいいということはバス初体験の身でもわかったが、翠綺は颯の耳に「押してもよいぞ」とささやいた。

「いいんでしょうか」といいながら細い人差し指をボタンに寄せた颯は、しかしすぐには押さず、

「翠綺様がしかられるようなことはないでしょうか?」と心配そうに眉尻を下げる。

「そんな心の狭い者はいない。もしいたら俺が伸《の》してやる」

「はい、では押してみます」

顔を丸くした颯は、「せいっ」とかけ声とともにボタンを押す。

想像よりも大きな音がピンポンパンと鳴り響き、老夫婦と少女が後ろを振り返った。

颯はさっとうつむいたが、いたずらに成功した子供のような、年相応の顔をする。

それから目を見合わせ、ふふと笑った。

兄の百艶の件で落ち込んでいた颯の気持ちを考えると、人界で少しでもたのしいことがあればと願っていたので、まずまずといったところだ。

当然ながらたのしむのはついでであって、目的ではない。

もちろん観光に来たわけでもなく、百艶を説得して天界に連れ戻す気もない。

翠綺が人界に来た目的は、まったく別のところにあった。

「う、嘘です……あれが百艶兄様だなんて、そんなの絶対嘘ですっ」

姫美沢中央公園からほど近い総菜屋《そうざいや》『菜ノ屋《なのや》』の店先で、颯は頭を抱えて座り込む。

黒く変えている髪を両手でつかみ、「嘘です、こんなの絶対嘘、嘘ですよ」と声を振り絞ると、立ち上がって店内を再び覗き込んだ。

そしてまた座り込み、「嘘、嘘、嘘っ」と繰り返し否定する。

昼時の総菜屋は混雑していて、弁当などを手にした客が外まではみ出していた。

開いたまま固定された扉に、『安全のため、混雑時は入店制限をさせていただきます』という注意書きが貼ってある。今は特に制限していないようだが、皇子として育った翠綺や颯には到底近づけない混みようだった。

それでもなんとか百艶の姿を見られる。

客でいっぱいの店内の奥……厨房《ちゆうぼう》にいながらも、背が高いので頭ひとつ以上飛びでていた。

「颯、他の者が変に思うぞ。ほら道行く者が見ている。座り込んでいないで現実を直視しろ」

「翠綺様、違いますよね？　これはなにかの間違いですよね？」

「間違いじゃない。人の姿になってはいるが、まぎれもなく百艶だ」

一見駄々をこねているように見える颯の手を引き、翠綺は半ば強引に立たせる。

そしてもう一度厨房のほうを見るよううながした。

販売フロアと厨房の間に小窓があり、そこから百艶の姿が見える。

人間に変容していて、髪は黒く短い。それだけで十分に以前の百艶とは違っていた。

天界にいるときの彼は長い銀髪で、虎耳と尾を生やし、直衣を着て扇を手にしていたのだ。

なにをやってもすぐれた男だったが、気まぐれで飽きっぽく色好み。優雅《ゆうが》とも怠惰ともいえる、貴族の見本のような雄神だった。

「あれが百艶兄様だなんて、嘘ですよ……信じられません！」

「人間の姿をしていると別人のように見えるからな。お前だってそうやって黒髪にしていると、天界にいるときとは別の童子のようだ」

「翠綺様……僕、兄様が人間になっている姿は何度も見たことがあるんです」

「そうなのか？　俺はあまり見たことがないが」

「実は、その……お忍びで出かけるときとか、光輝を隠すために変容することがありましたから、今の姿におどろいているわけじゃないんです。僕がおどろいたのは百艶兄様が働いてるってことです。さっきから一度も座らず、ずっと動いてますよ。なんだか忙しそうだし、すごくてきぱき動いてます」

立ち上がって店を覗いたりしゃがみ込んだりと落ち着かない颯の隣で、翠綺も百艶が働く姿を興味深く眺めた。

小窓からすべてが見えるわけではないが、百艶は白い調理帽をかぶって調理服を着込み、菜箸《さいばし》と思われるものを手にしている。

その横には同じ恰好《かっこう》の北原瞬がいて、どちらも忙しそうだった。

翠綺が想像していたのは、和気あいあいとたのしげに働くふたりの姿だったが、現実はだいぶ違う。ふたりの間に笑みはなく、会話すらもなさそうに見えた。

早速倦怠期《けんたいき》かと思うほどだが、しばらく見ているとそうではないのが伝わってくる。

手前にある販売フロアに瞬が出てきてトレイをいくつか陳列したかと思うと、百艶が小窓から顔を出し、空のトレイを受け取ったり総菜が載っているトレイを手渡したりしていた。

実際に会話があるのかないのかわからないが、少なくとも無駄な会話はなさそうだ。

いちいち笑みを交わしたり、言葉を交わしたりしなくてもいい関係なのだろう。むしろそんなことをする暇もない昼時の総菜屋で、ふたりは阿吽《あうん》の呼吸で仕事をこなしている。

「見事だな、職人だ……玄人《くろうと》というやつだ」

「そ、そうみたいですね。まるで本物の料理番です。以前の百艶兄様は、扇と盃以外は御自分で持たないくらいだったのに。あ、美しい雌神を見つけると抱き上げて、どこかに連れ去ることはありましたけど」

「貴公子とは得てしてそういうものだ」

面識のある瞬が厨房の外に出ているので、翠綺はキャップを目深にかぶる。

そうして颯とふたり、変わってしまった百艶の姿を黙って見守った。

別段たのしそうには見えないものの、それだけ真剣とも取れる。

相当な集中力と気合いがなければ、陳列棚を漁っていく大勢の客に追いつかないだろう。

一日や二日がんばることは誰にでもできるだろうが、生業として毎日こんなことができるのは、労働意欲が十分にあるからだ。ましてやなんでも周りがやってくれる皇子の身で働くなど、この仕事に生き甲斐《がい》なりなんなりを見いだしていなければ無理だ。いやいややってできるものではないと思った。

「下界で人間と一緒に働くって、そんなにいいことなんでしょうか？」

半べそをかきながら、しかし納得せねばと思い始めている様子の颯が、少し憐《あわ》れだった。

子供の身なのにいやだいやだといつまでも駄々をこねないのが、颯のよいところだ。

ゆえに大人は皆、颯を理解力のある賢明な子供だと評価するが、それは大人にとって颯の態度が好都合だからにほかならない。

他人に面倒をかけず、自分の機嫌を自分で立て直せる子は好かれるが、存分に泣いたり欲求を通したりしなかった颯の中の幼い部分は、本当に納得しているのだろうか。

年のわりに育ちすぎた理性によって、無理やり抑えつけられてもがいてはいないだろうか。

もしそうだとしたら、大人が気づいて甘やかしてやるべきだ。

「働くのがいいことかどうかだったな。それは、仕事の内容と相手次第だろう。天界であろうと下界であろうと、やり甲斐を感じられる仕事を、よい相手と組んでやれば充実しているはずだ」

「……料理番が、やり甲斐を感じられる仕事……なんですね？」

「まあ、百艶の場合は調理そのものがたのしいわけではないだろうが、恋人とともに働き、役に立ってよろこばれ、必要とされることにたのしみややり甲斐を感じているのだろう」

「恋人って、あの……きびきび動いてよく働いている、小柄な人間ですよね？」

「ああ、帽子で目元が隠れているが、人間にしては整った顔の美童だ。青年だそうだが」

「確かに可愛い方のように思います。でも翠綺様の美貌とは比べようもありません」

「当たり前だ。俺は辰神の皇子で、北原瞬は寅神の皇子の眷属になっただけの人間。正に天と地ほどの差がある。だが百艶はあれを選んだ」

「……条件的に考えたら、翠綺様のほうが断然いいのに」

「それも当然、比べるべくもない」

自身の容姿や能力がすぐれていて、条件もよいと思えば思うほどに、袖にされたという事実が重くなる。

けれども翠綺には、努力不足や魅力不足という考えはなかった。

ただ単に縁がなかったのだ。神の力が及ばない恋や愛が作りだす縁が、足りなかっただけ。

神にもいろいろといるが、人の運命を決めたり心を思うままに操ったりできる神は存在しない。

いわば心というものは、人はもちろん神にすらどうにもできないものなのだ。

百艶の心を奪えず、瞬に奪われたからといってなげく必要はない。

自分はなにも劣っていない。優劣の問題ではないのだ。

「颯、俺は百艶と今後どうなりたいとも思わないし、説得して天界に連れ戻す気もない。だが、それは俺の考えだ。お前が百艶と会って自分の言葉で説得したいというなら止めはしない」

「翠綺様……」

「止めはしないが、嘘は許さん。誰かが病気だなんだとだまして連れ帰るのは駄目だ」

颯がそんなことをするわけがないとは思ったが、念のためいっておいた。

雌神がよく使う手で持病の癪《しゃく》というのがあり、気鬱《きうつ》や眩暈《めまい》などと同じように寝込む理由としてよく使われている。事実であろうとなかろうと、実の母親からそういわれたら、息子は見舞いに行くのが習わしだった。

「母上から、首尾よくいかなかったときは危篤ということにしなさいっていわれています」

「持病の癪ではなく、危篤《きとく》とは」

「翠綺様との結婚を拒むくらい覚悟を決めていたら、危篤じゃないと無理だって、思ったんだと思います。でも、兄様をだまして無理やり帰らせるとかは、僕は反対でした。それだと、本当の解決にならないと思うし」

「お前はかしこくて、よい子だな」

こんなに可愛い弟なら何人でも欲しいと思いながら、翠綺は颯の肩をなでさする。

颯を悲しませる百艶にいらだちを感じたが、誰も悪くないことはわかっていた。

仮に颯のような弟が自分にいたとしても、その子のために恋情を抑えきれる道理がない。

それほどに恋や愛はおそろしい。神ですら御《ぎょ》しがたく、損得勘定が得意な理性を打ち砕く力を持ち、犠牲《ぎせい》になったものを踏みつけて燦然《さんぜん》と輝いていたりする。

「翠綺様、もし、もし僕が……だますとかではなく、説得とか……泣き落としとかで兄様を連れ帰れたとしても、兄様が翠綺様と結婚しない限りは、冥界行きを止められないんですよね」

「ああ、単に天界に戻るだけではどうにもならないだろうな。辰神王家に婿入りして、大神様の義理の息子という立場を得なければ意味がない。ちなみに、他の種族の雄神と結婚しようなんて王族は稀だ。俺の兄弟姉妹と結婚というのは難しい」

「はい……わかっています。翠綺様のように種族の差を気にしないで好きになってくれる辰神は、本当に少ないって……わかっています」

干支神の中でも辰神は他の種族とは別格で、総じて高慢な傾向にあった。

他の十一種族の大将一族が、そのまま『大将一族』や『大将家』『貴族』などと呼ばれるのに対し、辰神の大将一族は、『王家』や『王族』と美称されることが多い。

翠綺のように、辰神王家に生まれながら寅神の大将家に嫁入りしようとするのは稀なことだった。無論それは過去の話だが、翠綺は身内の反対を押しきってでも百艶と結婚しようとしていたのだ。

「颯、百艶に話しかけてみるか？」

「……あの、それは……もう少し考えさせてください。兄様、今とても忙しそうだし」

「そうだな、とりあえず百艶と瞬が作った弁当でも食べてみるか？」

なにをどうすれば甘やかすことになるのか、自分なりに考えてみた翠綺に、颯は「えっ⁉」と過剰に反応した。

耳を疑ったのか、「今なんて？」と訊き返してくる。

「弁当でも食べてみるかと訊いたんだ。買い求めて食べるだけなら邪魔にはならないし、本当の意味で仕事ぶりを見るには、作ったものを味わうのが一番であろう？　お前はどんな弁当が食べたい？　やはり牛肉を使ったものがいいのか？」

「牛肉っ⁉」

「あ、ああ……牛肉、好きだろう？」

百艶が牛肉好きなので同じだろうと思って訊いてみると、颯は目を剝いて何度もうなずく。

どうやら想像以上によい提案だったらしい。今にも虎の姿に変わってよだれを垂らしそうな顔をしていたので、一刻も早く弁当を買ってやりたくなった。

しかし会計待ちのレジに並べば最終的に厨房に近づいてしまうため、自分や颯が並ぶわけにはいかない。そもそも混雑は苦手で、人混みに飛び込むのは避けたかった。

「よし、あの男に頼んでみよう」

翠綺は行列の最後尾にいる若い男に目をつけ、手にしていた扇をいったんしまう。

持ってきた財布から万札を五枚取りだした。人界の物価については一通りの知識があるので、十分足りるはずだとわかっていた。

颯を公園の入り口で待たせた翠綺は、つかつかと男に向かっていく。

「ごきげんよう」

干支神としてではなく人間として振る舞う場合、とにかく下手に出て丁寧に話すようにと、下界経験者から指導されていた。その教えを忘れず、青年との距離を詰める。

「あ、はい……」

財布を手に列に並んでいた青年は、翠綺を見るなり露骨《ろこつ》におどろき、顔をこわばらせた。

キャップを深くかぶって目元に影を作っているとはいえ、面と向かえば大方見える。

人間離れした白い肌や翡翠の双眸《そうぼう》、柘榴《ざくろ》の種子の如く瑞々《みずみず》しい唇に、人間が釘《くぎ》づけになるのは当然だった。動揺すらしていた男の顔は、見る見るうちに赤くなる。

「こちらで牛肉を使った弁当を二つ買い求めたいのだが、人混みが苦手で並ぶことができない。代わりに買ってきてもらえないだろうか。礼といってはなんだが、釣りは差し上げよう」

我ながら完璧な擬態《ぎたい》だと自画自賛《じがじさん》していると、「は、はいっ」といい返事が返ってきた。

男はぶるぶるぶるとふるえる手を差しだすものの、「あの、こんなに要りませんから」といって、万札を一枚だけ受け取る。

人に買いものを頼むときは、余分に金を渡すものという考えは間違っていないはずだが、行きすぎていたようだった。

「あのっ、お釣りはちゃんと返します。とりあえず一万円お預かりしますね」と、誠実な言葉を返した男は、「牛肉を使った弁当、二つですよね」と復唱した。

「一応名前を……僕はN大二年のリュウガサキです」と名乗る。

「リュウガサキ？　リュウは、龍の字を書くのか？」

「はい、画数が多くて難しいほうの龍です」

「ほう、辰年生まれか？」

「いえ、そういうわけじゃないんですけど。リュウガサキは苗字ですし」

照れながらもしっかり答える青年に、翠綺は神としての笑みを返す。

なかなか見目のよい男が最後尾にいたので声をかけただけだったが、なるほどと納得した。

本来、尊い神の声を聞かせる相手は慎重に選ぶべきだ。

下界暮らしの百艶も、原則として瞬と瞬の身内以外とは言葉を交わさないと聞いている。

その点でいくと今の自分はなにも考えていなかったが、龍の字が結ぶ縁を感じた。

「颯、今の会話を聞いていたか？　やはり私は龍に惹かれるようだ」

恋した相手は虎だったが――とままならぬ恋心に苦笑した翠綺に、颯は「聞いていました」と
艶々としたほほを上げた。

「翠綺様、お弁当を頼んでくださってありがとうございます。本当は僕が頼むべきなのに」

「いや、金銭のやりとりが発生することは子供より大人がやったほうがいい。人界の牛肉弁当、たのしみだな」

「はいっ」と大きく返事をしてうなずく颯とともに、龍の字の青年が戻るのを待つ。

会計待ちの列は切れることがなかったが、進みは速く、買いものはほどなくして終わった。

戻ってきた青年は袋を二つ手にしていて、ひとつを颯に渡し、レシートと釣銭は翠綺に渡す。

レシートには『厚切りステーキ弁当』『牛づくし弁当』と書いてあり、青年によると、「それぞ

れひとつしか残ってなかったんです。どっちもすごくおいしいです」とのことだった。

翠綺だけではなく颯からも礼の言葉を受けた青年は、爽やかな笑顔で立ち去る。

人界経験者がいっていた通り日本人は親切だと実感しながら、公園に向かった。

午後の公園にはそれなりに人がいたが、広いうえに坂が多く森のように入り組んでいるため、場所を選べば人目を避けられる。どうやら人間が好むのは日当たりがよく暖かい平地のようで、人の気配は公園の入り口付近に集中していた。

やや湿度が高く暗い場所まで行くと、『湿地帯の植物』と書かれた札が出ている。

近くにベンチもあったので、颯と並んで腰かけた。

人間がこの場所をどう感じるかはわからないが、ここは清浄値が高い。

信心のない人間が出入りすればするほど土地は穢《けが》れていくため、一見すると爽快な風が抜ける入り口付近よりも、鬱蒼《うつそう》として見えるこちらのほうがよい空気が流れていた。

「これが人界のお弁当……百艶兄様が作った、お弁当なんですね」

弁当を好きに選ばせると、颯は肉々しい厚切りステーキのほうを迷わず選ぶ。

弁当箱の蓋《ふた》を両手で外し、牛肉を目にするなりごくりと喉《のど》を鳴らした。

お手拭きを手に取って指先まで拭いて、「汚れませんけど」とつぶやきつつ箸を手にする。

颯の弁当は内容が一目瞭然《いちもくりょうぜん》だったが、翠綺の弁当には説明を書いた紙が貼ってあった。『牛ロースの京風《きょうふう》カリカリ焼き』『ジャガイモと牛肉の煮物』『牛そぼろと炒《い》り卵ごはん』と書いてある。

それ以外にグリーンアスパラと人参とカボチャの煮物、ミニトマトと梅の柴漬けが入っていて、明るい彩《いろどり》を添えていた。

「すごい、そちらは牛肉だけで三種類もありますね」

「牛づくし弁当だからな。箸は、これを割るのか？」

「割り箸っていうんですよね、人界事典で見たことがあります」

颯は「たぶんこうやって、こう、割るんだと思います」と説明しながら箸を割る。

翠綺が自分の分を割ると、パキッと小気味よい音がした。左右均等に割れている。

「いただきます」「いただこう」と声をそろえ、初めて人界の肉を口にした。

メインのカリカリ焼きは、その名の通りの歯応えだ。

薄めの牛肉の表面がこんがりと焼けていて、汁気や脂気は少ない。ショウガとしょうゆの香りが強く、食欲が刺激された。

ほどよい塩気に誘われ、炒り卵ごはんに箸が伸びる。

牛肉と一緒に食べることを想定しているのか、炒り卵ごはんは塩分がひかえめで、卵の味や米の甘みが活きていた。

ふんわりとした淡い黄色の卵は、口にするなり命を感じる温かみがある。カリカリ焼きと炒り卵ごはんの相性が抜群で、自然と他のものへの期待感が高まった。

「翠綺様っ、これ……おいしいですっ！　僕のほうの厚切りステーキ、とってもおいしいです。おしょうゆの香りがよくて、和からしがぴりっと利いていて、ごはんが甘いです」

別の弁当を食べて感嘆する颯に、翠綺は咀嚼《そしゃく》しながらうなずく。

ジャガイモと牛肉の煮物に手をつけると、またしても素材の甘みに酔わされた。

ジャガイモがほくほくとしていて、実に甘いのだ。砂糖の甘みもよいが、ジャガイモそのものの甘みを感じると幸福感が増していく。幸せな形で一生を終えた素材自体のよろこびが、食する側のよろこびと共鳴しているかのようだった。

――俺も颯も消化吸収せずに霞に変えてしまうが、本来これは人間が食べるものだ。これほど美味《びみ》な食事となってよろこばれ、血肉として生きられるなら……生まれた甲斐があるというもの。

この箱には多くのよろこびが詰まっている。

食物連鎖から外れたいただきに君臨する龍として、神として、動植物の輝きを見た気がした。

牛が牛として生きているときと死して食材になったあとでは思いが違うが、動物は生きているうちは子孫を増やしたがり、死しても他の命の糧《かて》になりたがる。植物もまたしかり。

生きとし生けるものすべては、如何なる形であれ命をつなげたがるものなのだ。

――俺が食べてはいけない気がする。これは、人の血肉になるためのもの……数々の命を次へとつなぐための糧だ。嗜好品《しこうひん》として味わうだけでは罪に思える。

一方で、祖先が獣である寅神は、人界の牛を食べてもよろこびしか感じないようだった。

黙々と食べているかと思えば、「おいしい、おいしいっ」と感嘆し、興奮を見せる。

「少し手をつけてしまったが、これも食べるといい」

小さな体で厚切りステーキ弁当をぺろりと平らげた颯に、翠綺は自分の弁当を勧めた。

歓喜する颯の横顔を見ているだけで、十分に満たされる心地だった。

実際のところ自分としてはもう満足で、ついでの用事はこれで終わったのだ。

百艶の友人として、百艶が人界の生活に飽きることなく平穏無事に暮らしているのを確認した。

颯も、この分なら百艶を連れ戻すのをあきらめるだろう。

あとはただ、人界に来た本当の目的を果たせばいい。

「――ごちそう……さまでした」

二つの弁当を味わいつくした颯は、蚊の鳴くような声でいった。

米一粒も残っていない弁当箱を見下ろしながら、そこにぽたりと涙を落とす。

わりとよく泣く子なので、意外ではなかった。

ただ、どんな涙であろうとひとりで泣かせたくなくて、翠綺は颯の肩を抱き寄せる。

かつては義弟になると思っていた颯を、以前と変わらず愛しいと思った。

「兄様は……今、とても幸せなんですね」

頼りなく細い肩から、現状を受け入れる覚悟が伝わってくる。

涙を自分で拭い、颯は一度大きくうなずいた。

無理をさせる気はなかったので慎重に様子を見ていると、「ありがとうございました」と礼をいわれる。涙をたたえた空色の目は、清々しいほど輝いていた。

「もう大丈夫か？　無理に納得する必要はないぞ」

「……無理ではなく、自然に……納得できました。翠綺様のおかげです」

「弁当を食べたのは正解だったか？」

「はい。兄様の気持ちというか、こちらでちゃんと……充実した暮らしをしていらっしゃるのがわかったので、僕はもう大丈夫です。さみしい気持ちはこれからもあると思いますが……それはもう、しかたないことなので」

無理とまではいかなくとも努めてがんばっている颯に、翠綺は顎《あご》を寄せる。

仔虎になっているわけでもない余所の皇子を猫可愛がりしながら、恋の怖さを痛感した。

こんなに可愛い弟を泣かせても、百艶は下界を選んだ。北原瞬を選んだのだ。

元恋人とはいえ所詮《しょせん》は幼馴染にすぎない自分が袖にされたのも、無理からぬことに思える。

天界にいたころの百艶は、恋などしていなかったのだから――。

「あの、翠綺様……これ、このお弁当箱、どうしたらよいのでしょう?」

「弁当箱? ああ、空箱の処分についてか。さあ……どうしたものやら、俺にもよくわからん。店の者が取りにくるとは思えぬし、客が持っていくのだろうか?」

「……あ、でも、この箱も蓋も妙に薄くてもろいですし……洗ったりしようものならすぐに壊れそうです。割り箸と同様、使い捨てというものかもしれません」

「ほう、つまり捨ててよいのだな?」

「そうだと思います。ゴミ箱というのがどこかにあるはずなので、探して捨てて参ります」

颯は元通り蓋をした弁当箱を二つ、袋に入れて口を縛る。

ベンチからぴょんと跳ぶように立つと、「翠綺様はこちらでお待ちください」といって公園の中を駆けていった。しばらくは姿が見えたが近場にゴミ箱がないらしく、鬱蒼とした林の中の遊歩道へと消えていく。

――颯が百艶と会って話したがるとしても、このまま天界に帰るとしても、まずは御多神村に戻るべきだ。百艶に会うなら店の仕事を終えて引き上げたあとに……。

会わずに帰るといってくれると楽だが、それはないだろうなと思いつつ待っていると、不意に人の気配が迫ってくる。せっかく清浄値が高かった空間が、ざわりと乱れた。

若い男がふたり、なにか話しながら近づいてくる。ベンチに座る翠綺に気づくなり、「うっわ、綺麗なお姉さん」「すげぇ色白っ」と阿呆のような感想を述べた。

女と間違えられてもしかたのない見た目だということも色白なのも事実なので、いわれている言葉自体は構わない。ただ、空気を汚されるのと距離を詰められるのが不快だった。

「あの、おひとりですか？」

声をかけられていっそう腹が立ったが、もちろんなにも返さなかった。

神の尊い声を聞かせる相手は選ばなければならない。無遠慮で阿呆で、身のほどをわきまえない輩に聞かせられる安い声ではないのだ。

「地元の人じゃないですよね？　観光に来てるんですか？」

もうひとりの男からも訊かれる。ふたりして「どこから来たんですか？　日帰り？」「よかったら案内しましょうか？」「お昼とかもう食べました？　なんかリクエストしてくれたら、いい店に案内しますよ」「えーと、聞こえてます？」と質問してくる。

うるさい、早く去《い》ね——といいたいのを我慢して黙っていると、男の手が肩に伸びてきた。

反応がないことにしびれをきらしてゆすろうとしたのだろうが、当然さわらせる翠綺ではない。はねのけるための一瞬さえ触れたくはないものの、勝手にさわられるくらいならさわるほうがましだった。神力を使えないのを不便に思いつつ、ばしりと手を払う。

「う、わ……っ！　な、なんだよ……っ」

強く払ったつもりはなかったが、男はたちまち吹っ飛んで尻餅をついた。

その途端にもうひとりの男も怒りだし、声を合わせてぎゃあぎゃあといってくる。

キャップの上から唾が降り注いできて……人界の汚れを寄せつけない身とはいえ、不快でならなかった。見えない膜一枚へだてたとて、汚いものを向けられていることに変わりはない。

――無礼者が……！

あくまでも声は聞かせず、喧嘩《けんか》腰の男の足を蹴る。

スニーカーの裏でトンッと軽く蹴っただけで、男は闘牛や猪に突撃されたかのように吹っ飛び、湿地帯植物の池へと落ちた。

浅いがずぶ濡れになり、ヒステリックな声を上げてますます怒る。

ふたりして、「なにすんだこの野郎！」「ふざけんなこのクソ女！」と矛盾したことを叫んだあげくに、「警察を呼べ！」と仲よく声を合わせていた。

――警察……それは面倒だな。逮捕されたうえで黙秘を続けたら、なかなか釈放されない気がするぞ……。

しかし警察官にも声を聞かせたくないし、もちろん謝る気もない。

さてどうしたものかと思いつつ、翠綺はベンチに座ったまま扇を取りだした。

そもそも顔すら見せたくないのだ。下賤の輩に見せていいような、安い顔はしていない。

男たちは襲いかかってはこなかったが、「警察！」「一一〇番！」と声をかけ合いながら、携帯電話を操作しようとする。

「……ん？」

子供がいれば状況が変わるかもしれない……と遊歩道の先に颯の姿を求めるものの、そちらに人気はなかった。代わりに空からなにか降ってくる。

まるで彗星《すいせい》のように輝く存在だった。太陽とは別の光が見える。

のどかな昼の空から、白い光の玉がドーンと……だがしかし実際には静かに、男たちの後ろにすとんと落ちる。

――牙王丸！

なぜか、天界にいるべき男が降ってきた。

普段は狩衣や小直衣姿で干支神の国にいる牙王丸が……亥の太子という特別な身分を持つ彼が、猪の耳も尾もない全裸姿で風呂敷包みをひとつ持ち、男たちの背後に迫る。

白に近い淡茶色の長髪はこざっぱりした短髪になっていて、体中からあふれているはずの光輝は完璧に隠れていた。

降下途中で人間に化けたわけだが、そのくせ存在感が圧倒的だ。

なにしろ大きい。そして分厚い。肌は浅黒く、目は黒く、人間の人種に当てはめるのが難しい顔立ちの牙王丸に気づくなり、ひ弱な男たちはびくうっと身をこわばらせた。

空から降ってきたことには気づいていないだろうが、突然の大男登場に……それも、とてつもない巨根をぶら下げた全裸男の登場に、「ひゃっ」「うわあ！」と悲鳴を上げている。

「私の連れが乱暴な対応をしてすまない。警察を呼ぶのは勘弁してくれ」

牙王丸は遊歩道を歩いてきたような顔をして、男たちに平然といい放った。

人界の用語やマナーが頭に入っているのか、「裸で失礼する。露出狂や痴漢などではなく、諸事情あるのだ」などと謝りつつ、ずぶ濡れ男に手を差し伸べる。

男は首を横に振って自力で立ち上がり、「やっ、大丈夫なんで」とおそれおののいた。

どうやらこれで収束しそうだが、翠綺にはなにもかもが気に入らない。

無礼を働いたのは向こうなのに、なぜ自分の行為が「乱暴な対応」なのだ。なぜ連れでもない全裸男に連れのような顔をされ、謝られなければならないのだ。

これでは自分が悪事を働いたことになってしまう。

しかも、思いがけず目にした牙王丸の陽物があまりにも立派で……やる気のない状態ですら、全力の自分のそれよりも遥かに大きく、なんとなく気分が悪い。

「牙王丸、お前いったいどういうつもりだ⁉」

男たちが逃げるなり、翠綺は牙王丸に詰め寄った。

勝手に来たくせに保護者面をして、人界なれしているような大人びた態度で、それでいて全裸なのだから、どこから突っ込んでよいかわからない。

そもそもなぜ人界にいるのやら、これでは予定が狂ってしまう。

「翠綺、空から聞いていたぞ。害意のない人間を不用意に傷つけてさわぎを起こすな」

「神の身に触れようとした不埒者だ。骨を折ったわけでもあるまいし、大袈裟な」

「人間はもろいのだ、打ちどころが悪いとすぐ死ぬ。強く生まれた者は、弱き者にやさしく接してやらねばならぬ」

「あぁうるさいうるさい、お前はなんなんだ？　なにゆえ人界に来た⁉」

「其方を追ってきたに決まっておろう。百艶を連れて帰るというのも聞き捨てならなければ、颯以外は供も連れずにというのも聞き捨てならない。これはいかんと馳《は》せ参《さん》じた次第だ。ともかくまずは服を着させてくれ」

大真面目に答えてベンチに向かう牙王丸を相手に、翠綺は柳眉《りゅうび》を逆立てる。

頭から龍の角が生えてきそうだったが、それをなんとか抑えて牙王丸の背中をにらんだ。

解かれた風呂敷からは、ジーンズとシャツとスニーカー、下着類が出てくる。

ボクサーパンツと呼ばれる黒い下着を手にした牙王丸は、これまた大きな足を通し、こんもり盛り上がった尻を下着で覆った。

「こんな日中に空から降りてくるなど言語道断。いまさらそんな服を着ても遅いぞ。それに俺と百艶のことにお前は関係ない」

「なにをいっているのやら。関係ないわけがない」

「いいやまったく関係ない。そのうえ供がいないと心配だとでも？　それはお前より強者である俺に対して無礼な発言ではないのか」

幼馴染に子供扱いされているようで腹が立った翠綺は、牙王丸に対する負い目のすべてを吹き飛ばす。

鍛錬の相手として、牢に毎日来いといっておいて黙って出かけたのは悪かったと思っていたが、もはや悪しき行為のバランスが取れていない。自分の非一に対して、四か五の非を返された気分だった。

「翠綺、其方と私の強さこそ関係ないぞ。其方と子供だけでは面倒を起こすに決まっているし、現に今もそうだったではないか。颯がいたとて解決するものでもあるまい」

「うるさい。そうやって恩を売る男はきらわれるぞ」

「私は恩など売っていない。惚れた相手の役に立ちたいと思うのは当然のこと。なれぬ人界で、なにか面倒に巻き込まれていないかと心配するのも当たり前のことだ。あれこれさせてもらって感謝こそすれ、恩を売るなどとんでもない」

「あーあーもういい、惚れた惚れたと年中しつこい男だ」

「会うたび惚れるから惚れたといっている。なにが悪い」

「全部悪い。童貞男の愚直な告白は聞き飽きた！」

どんと突き飛ばしても人間ほど簡単に突き放せない重い体が、半歩ばかり離れる。

シャツを着ている最中だった牙王丸は、「こら押すな」と、子供をしかるようにいってきた。

それがまた腹立たしくてもう一発どんとやりたいところだったが、構えた途端に空気が変わる。

南中の太陽が降り注ぐ公園の湿地帯に、極めて高い位の干支神がふたり――それだけでも清浄な気になっていたというのに、さらにもう一段階、不浄な淀みが消え去った。

「……え、えええぇ!?　牙王丸様!?」

「おお、颯！」

弁当箱を捨てて戻ってきた颯が、人間の子供の姿でぴょんぴょんと跳ねる。

牙王丸を見るなりおどろきながらも喜色満面、その胸に飛び込んだ。

「牙王丸様だ！　なんで!?　どうしてこんなところにいらっしゃるんですか!?」

「久しいな！　人の子の姿も可愛いではないか」

高い高いをしてもらいながら空中でぶんぶんと振り回される颯の姿を、翠綺は憮然《ぶぜん》としながらねめつける。自分の義弟になっていたかもしれない颯が、自分よりも牙王丸になついているのが

いささか気に入らなかった。

「ひとりでどこに行っていたのだ？　百艶には会えたのか？」

「いいえ、兄様にはこれから……たぶん夜になったらお仕事が終わると思うので、そのあと話しかけてみようと思います。今はお弁当の箱を捨てにいってました……兄様が作ったお弁当で、牛肉がたくさん入っていておいしかったです」

「ほう、百艶が料理番のような仕事をしているという噂は本当だったのか」

「はい、とてもおいしいお弁当を作っていて、お店の人気も上々のようでした」

牙王丸に抱き上げられていた颯は、地面にとんと下りるなり切なく笑う。

「兄様を連れ戻すのはあきらめましたけど、御挨拶はしたいので、翠綺様が許してくださるなら夜を待ちたいと思います」

そういって視線を送ってくる颯に、翠綺は黙ってうなずいた。

改めて考えると颯をひとりでここに残すのも心配なので、牙王丸が来て好都合ともいえる。

頭を切りかえて前向きに考えることにした。気分を害された分、役に立ってもらわないとわりに合わない。

「そういうわけで颯は夜を待たねばならぬ。俺は他に行くところがあるので、お前が颯の面倒を見てやってくれ。ここは観光地だ、お前たちなら食もたのしめるだろうし、船もあれば観覧車もある。ただしロープウェイはやめておけ、あれはどうにもおそろしい」

「——他に行くところ、とはどういうことだ？」

太めの眉を寄せて訊き返してきた牙王丸に、翠綺はしばし考える。

当初の予定では颯に適当ないいわけをして別行動を取り、御多神村に戻ってから出かけるつもりだったが、そうはいかなくなった。こうなったら正直に話してしまうほうがいいだろう。

「冥王様に会いに、冥界に行く」

これ以上ないいくらいきっぱりと答えると、牙王丸の顔から表情が消えた。

ぴたりと固まった顔の中で、目だけが変化を見せる。おどろきにより瞳孔《どうこう》が開いていた。

颯も同じく、空色の目を丸くして言葉を失う。

「なにゆえ冥界に？　冥王様に会ってどうするつもりだ？」

「お前には関係ない話だが、子守りを頼む以上は話しておこう」

翠綺はそう前置きして、周囲に人の気配がないことを確認する。

会話を聞かれる程度は構わないが、さすがに冥界に向かうところは人に見られたくない。

「翠綺様、冥界って……もしかして、百艶兄様のためですか？」

「いや、百艶のためというわけじゃない。俺は俺の不始末の責任を取りにいく」

「不始末とは？」

たたみかけるように牙王丸に問われ、お前には関係ないとまたいいそうになったが、こらえた。

いつ人間が来るかわからないこともあり、これ以上無駄な時間は使いたくない。

「冥王様と百艶が契約を交わしたことは知ってるだろう？　百艶は死んだ恋人を救うために一度死に、恋人とともに蘇った。その代わり、次に死んだら冥界で鬼神になる約束になっている」

「それは承知している。皆が百艶の行く末を憂いていた」

「そう……大神様も憂いている。平気なのは寅の大将くらいだ」

「私も平気だぞ。愛に生きる百艶を見直し、これがもしも其方だったらと……」

「うるさい、お前の意見は聞いてない。とにかく、この件は百艶が俺と結婚して大神様の義理の息子にでもならない限り、くつがえせない話だ。だが俺は百艶と結婚する気などないし、それは向こうも同じだろう。つまり契約の件はどうにもならないが、俺にはひとつだけ、どうにかしたいことがある」

翠綺は人界の服の下に隠していた翡翠の首飾りを引っ張りだし、もっとも大きな珠をつまむ。

大神に神力を奪われて封じられているとはいえ、幼いころから肌身離さず身に着けていた翡翠珠には、わずかばかり力が移っている。

それは今もそのままで、書状のひとつくらい隠すのは造作ないことだった。

翠綺の目と同じ色の珠の中心が、より深い緑色に変わっていく。

どんなに濃くても濁りのない、美しい緑の霞が現れて、封じていた書状の姿が浮かび上がった。薄くぼやけた幻影でしかなかったそれが、徐々に白くなり、触れられる紙に変わる。

「その書状は？」

「――禁城通行手形だ。投獄される前、俺は冥王様に訴状を出した。どうしてもお会いしたいと訴えて、これを頂戴した」

翠綺は翡翠の珠から抜きだした書状を手にし、牙王丸と颯に見せる。

冥王に会うにはまず冥界に行かなければならないが、生きた神の身では叶わない。

ただし冥王の許しさえあれば、生きたままでも行って帰ってこられる。

「これがあれば冥界に行くのはもちろん、冥王城にも行ける」

「行ってどうするというのだ？　契約がくつがえせぬことをわかっていて、なにをしにゆく」

ひとしきりおどろいてから問い詰めてくる牙王丸に、翠綺は閉じた扇を突きつける。

距離を取るよう暗に指示して、さらに一歩後ろに下がった。

かぶっていたキャップを取り、まとめていた髪を解く。

「冥王様は、契約の証しとして百艶の左目を奪った。俺にはそれが理不尽に思えてならないし、納得いかない」

「翠綺様……っ」

「百艶は冥王様と正式な契約の書を交わし、その事実は天界中の誰もが知るところになっている。証しなど取るのは横暴というものだ。相手が信用ならぬただの亡者ならともかく、百艶は寅神の皇子だぞ。今や大神様も認めている契約だぞ！　信用性は十分に……十二分にあるというのに、なぜ未だに目を取られたままなのだ……っ」

「翠綺、落ち着け。まさかここから行く気ではないだろうな」

一歩では足りず、二歩、三歩と後ろに下がる。

牙王丸はまさかといったが、そのまさかだ。

冥界に行くにはまず人界に降りなければならず、天界から直接行くことはできない。

だからどうしても人界に来たかったのだ。百艶を連れ戻すためという大義名分を得て、天界の地下牢から出ることができた。冥界に続く大地を踏むことができたのだ。

こんな好機が、次いつ巡ってくるかわからない。

「翠綺、信用があれば証しを取らなくてもいいというものではない。冥王様が証しを求め、百艶がそれに応じた以上、其方が文句をつける筋合いではないはず。あとから証しを返せなどと、訴えるべきではない」

「ふん、お前はいつもそうやって正論ばかり吐く」

「正論は正しいから正論なのだ。相手は其方の父たる大神様とは違う。冥王様は、其方が無茶をいっていい相手ではない。生意気な振る舞いをすれば、其方の身とて無事では済まぬ」

「翠綺様……っ、牙王丸様のおっしゃる通りです！　僕もくやしいけど、百艶兄様は今の状況に納得してると思います。翠綺様に危険なことなんて……してほしくないはずです！」

牙王丸の隣で、颯が泣いている。百艶と同じ空色の目から、ぽろぽろと涙をこぼしている。

ああ、なぜこんなに思い通りにいかないのやら。適当な理由をつけて、さっさと冥界に行けばよかった。颯を泣かせる破目になったのは牙王丸のせいだ。こいつが来るから悪いのだ。

「百艶のために目を取り返すわけじゃない。俺が納得いかないんだ」

「翠綺、やめろ！　これ以上問題を起こすな！」

「問題など起こさない。自分の不始末の責任を取りにいくだけだ」

冥界につながる人界の大地に、翠綺は禁城通行手形を叩きつける。

するとたちまち足元が波打った。投石された池のように波紋が広がる。

中心から、土より黒い闇が生まれた。

闇は穴となって深まり、ひとりが通れる大きさに広がる。

神であれ人であれ、本来ならば生ける者が踏み込んではならない世界――招かれなければ行くことができない、鬼神と鬼と死者の世界への入り口は、想像していたよりも遥かに狭い。

機を失えばすぐに閉ざされてしまいそうな、刹那《せつな》の門だ。

「翠綺！」

「翠綺様！」

人間の姿から本地《ほんじ》の神姿へと戻った翠綺は、直衣の袖をゆらしながら穴に飛び込む。

真昼の地上から冥界へ踏み込むと、くらくらするような濃い瘴気《しょうき》に呑まれた。

四方八方ただ暗いばかりの穴を、ひたすら真っ直ぐ落ちてゆく。

浅沓の底に地面の感触はなかったが、やがて思うように動ける気がしてきた。

真っ暗なので実際に動けているのかよくわからないものの、落ちたくないと思えば落ちずに済み、蹴る動作をすると前に進めるようだった。

神力を奪われて飛べない身だというのに、闇を駆ける感覚は空を飛ぶときに近い。

——これが……黄泉平坂《よもつひらさか》？

薄ぼんやりと目が見えるようになり、ここが巨大な洞窟だとわかる。

果てしなく、ゆるい下り坂が見て取れた。

靄《もや》のような人影も見える。老若男女の区別がつく程度にゆらいだ、死者の行進だ。

歩兵大隊の如き数で果てが見えないが、意外にも葬列のように悲しげなものではない。

老いや痛みや苦しみから解放された死者の魂は、ふわふわと、どこかうれしげですらあった。

死に浮かれる彼らは瘴気をまき散らしながら黄泉平坂を下り、やがて冥王府に行き着くだろう。

そこで厳正な振り分けが行われ、悪しき者だけが地獄に落ちる。

――この坂を……黄泉平坂をとにかく下ればよいのか？　そしてまずは冥王府に？

緑色の直衣の袖を振りながら、翠綺は坂を駆け下りる。

これまでとは違って足音が立ち、地面の感覚も得られた。

先を急ぐものの景色はいつまでも変わらず、終わりがこない。

少々退屈になり、黙って走りながら牙王丸と颯のことを考えた。

冥王に招待されていない彼らは、当然追ってくることはできない。

今ごろは腹を立てながら、あるいは心配しながら、右往左往しているだろう。

――牙王丸……子守りを頼むぞ！

地上で最後に見た、颯の目に胸が痛む。あれは百艶と同じ目だ。

今もしも時間を戻すことができるなら、北原家に雷を落とす前に戻りたい。北原瞬を、事故で死なせる前に戻りたい。

百艶が自分と本気で結婚する気がないことを、本当は知っていた。

知っていたのに、どうにかなるかもしれないと愚かな夢を見ていた。

あの家には誰もいなかったから、焼き払っても大した問題はないと思った。

だから落としたのだ……雷を落として、北原家を焼き払った。

――俺が家を焼かなければ瞬は事故を起こさず、死なずに済んだ……あの者が死ななければ、百艶が死ぬ必要はなかった。冥王様に会って、あんな……馬鹿げた契約をすることはなかったし、左目を奪われることもなかった。俺が無駄な期待などしなければ……俺が、もっと寛容で冷静であったなら、百艶はなにも失わなかった！

すぎた時間は、神ですら戻せない。一秒たりとも戻せない。

なぜあんなことをしてしまったのかと、悔い改めたときにはもう遅い。すぎてしまったことは変えようがなく――それでも、それでもどうにかしたいなら、どうしても変えて挽回したいなら、新たな犠牲を払うしかない。

「翠綺！」

底なしの闇の中に、聞きなれた声が響く。

まさかというより、あり得ないと思いながら足を止めた。

振り返ると、黄泉平坂を駆ける光輝が見える。死者の群れの横を滑るように走り抜け、それはぐんぐんと近づいてきた。ドドドドドッと、やがて足音も聞こえてくる。

獣の音だった。情緒の欠片もなく可愛げもなく、雅ではない獣の足音だ。

――っ、いの……しし？

まばゆい光輝を放つ猪の姿が見える。

そこら中にただよう瘴気を勢いよく蹴散らしながら、神聖な白い猪が追ってくる。

象牙のような犬歯を口から突出させ、背と尾の毛だけが長く淡茶色をした白猪──亥神の太子牙王丸の獣姿だ。

「お、お前……なんで……」

なんでどうしてここにいるのかと、訊きたくても呂律《ろれつ》が回らない。

ここはすでに冥界の中。死者の通り道で、生者は神であっても立ち入れない。

例外が許される禁城通行手形は、翠綺ひとりに限ったものだった。

自分が通ったあと、あの穴はすぐにふさがったはずだ。もし仮に入り込む隙があったとしても、あとを追って別の神が来るなんてあり得ない。絶対にやってはならないことだ。

「どうやって生きたまま冥界に……っ、さっさと帰れ！」

「亥神は魔をはねのけ、土を操れる。穴がふさがるのをしばし止め、どうにかもぐり込んできた」

「神の身でもぐらの真似をするな！　なんだって俺を追ってきた⁉」

「すぐ無茶をして突っ走る其方を、黙って見送れるわけがない」

見上げるほど巨大な白猪が、牙王丸と同じ声で答える。

無茶はともかく突っ走るといわれて、無意識に奥歯を噛みしめた。

カチンと鳴ったような鳴っていないような、いずれにせよひどく頭にきている。

猪突猛進《ちょとつもうしん》といわれるように、突っ走るのは亥の性質であって、辰はもっとかしこく誇り高く、沈着冷静で、元より神々しい生きものだ。

北原家に雷を落としたのはやりすぎだったと認めているが、あれから数ヵ月が経っている。

訴状を出すときも手形を受け取ったあとも十分に考え、そのうえで冥界まで来たのだ。

なにも考えず浅はかに突っ走っていると思われるのは心外だった。

「牙王丸、さっさと戻って颯の子守りをしろ！」

「帰りが遅くなったら百艶を頼れといっておいた。問題ない」

「問題大ありだ！　冥界への不法侵入だぞ、冥王様がお怒りになる！」

「どのみち穴はもうふさがったのだ。こうなった以上、御挨拶に伺《うかが》うのが筋であろう」

亡者が通りすぎていく黄泉平坂で、翠綺は地団駄《じだんだ》を踏みたいのをこらえる。

腹立たしいが、とりあえず颯に関しては問題ないだろう。実の兄がすぐ近くにいるのだから、いざとなったら頼れば済む話だ。

御挨拶が筋といわれてしまうとその通りで、勝手に踏み込んだ以上、冥王に挨拶をして許しを請わねばならない。このままここで待つというわけにはいかないのだ。なおかつ牙王丸が処罰をまぬかれるには、正当な訪問者である自分のとりなしが必要になるだろう。

「――むぅ……っ、やるかたない。ならば俺を乗せていけ、乗りものということにする！」

猪の犬歯をひっつかんだ翠綺は、ひらりと跳んで太い背にまたがる。

馬と違って乗り心地がよくないうえに恰好がつかず趣味ではないが、とにかく、理由があって連れてきた形にするしかない。

わがままで有名な辰神の皇子は、黄泉平坂を自分の足で歩きたくなかったのだ。だからやむを得ず友を乗りものとして連れてきた——という筋書きでいく。どのみち冥王には筒抜けだろうが、実際に乗っていけば嘘ではなくなる。

「毛をつかんで構わぬゆえ、落ちるなよ！」

「誰が落ちるか！　こんな剛毛、むしってやる！」

毛の長いところをぐわりとつかむと、猪が走りだす。

ひづめが立てる音は馬や牛と同じだが、脚が長くない猪の足音は、より太々しいものだった。

牙王丸の獣姿など、幼いころたわむれて以来だ。

昔は抱き上げてよしよしとあやしたくらい可愛い瓜坊だったのに、今ではまるで熊のようだ。

いや、熊どころか象に近いかもしれない。さすがにそれはいいすぎだろうが、とにかく大きく幅広く、寸胴でみっちりと固太りしている。股裂きされるかと思うくらい、内腿に圧がきた。

「乗り心地が悪い！」

ああ、これが百艶の獣姿ならどんなによかっただろう。最高の乗り心地だったはずだ。

大きくともしなやかな虎は、こんな粗野な足音を立てない。ひづめではなくするどく器用な爪があり、柔軟な肉球があるのだ。それが衝撃を吸収し、速くとも静かに美しく走る。

それに毛も艶やかで一本一本が細くやわらかで、触り心地も抜群だ。

まったく、虎こそが自分に相応しいのに、なんだって猪に――。

「翠綺っ、冥王府が見えてきたぞ！」

走る巨大猪に憮然としてまたがっていると、ようやく光が見えてくる。

黄泉平坂の先にあるのは冥王府で、入り口には数千の松明《たいまつ》が燃えていると聞いていた。

おそらく冥王府の入り口で間違いないだろう。

人界では、万魔殿や閻魔《えんま》庁とも呼ばれていて、冥王の別名は地獄の閻魔大王だ。

そのような魔物扱いする呼び方を冥王自身は好まないので、あくまでもあちら好みに、冥界の冥王様と呼び、偉大な神のひとりとして尊ばなければならない。

事実、人の死後の世界の全権を握っている強大な神だ。干支神の頂点に君臨する大神と、ほぼ同格の神といっても過言ではない。

「――干支神様、干支神の翠綺様」

冥王府の入り口まであと少しというところで、洞窟内に若い男の声が響き渡る。

獣姿の牙王丸は脚を止め、黄泉平坂の地面をガガガガーッと、えぐりながら停止した。

おかげでがくんと前のめりになった翠綺は、落ちまいとして犬歯をつかむ破目になる。

おそらく冥王や鬼が見ているだろうに……みっともない前傾姿勢になってしまった。

「辰神の皇子、翠綺様でいらっしゃいますね？」

死者の行進から離れた地面から、声の主が現れる。

まずは黒い二本の角を生やした青髪頭が出てきて、褐色の肌や赤い目、黒い爪が見えた。

細身のダークスーツを着こなし、「ようこそ冥界へ」とほほ笑む。

整った顔の青年鬼だが、口の中に牙が見えた。

「お出迎えが遅くなり、大変失礼いたしました。我々は冥王城の補佐官です」

彼が我々といったときにはもう、鬼の数が増えていた。

同じ恰好の鬼がひとり、ふたりと現れ、最終的に四名そろって片膝をつく。

青髪、赤髪、桃髪、緑髪の四名はいずれ劣らぬ美丈夫で、褐色の肌がひとり、黒色の肌がひとり、黄肌と白肌もひとり。

翠綺はいやな既視感《きしかん》を覚えた。

鬼を見るのは初めてだが、この……如何にも色とりどりこだわってそろえましたという感じが、似ているのだ。大神もよくこうして、様々な色の美形を並べて満悦している。

天界も冥界も、最高権力者の頭の中は大して変わらない気がした。

青髪の鬼が、深くこうべを垂れながら「冥王城に御案内いたします」という。

うやうやしく見上げてきて、「お乗りものを御用意しました。こちらです」と壁を示した。

ゆるい勾配を描く黄泉平坂の洞窟の壁から、褐色肌の巨大な手が現れる。

牙王丸を手のひらにちょこんと乗せられそうなスケールのものだったが、手指の造形は子供のそれだった。指にも爪にも丸みがあり、颯と同じくらいの年ごろに見える。

「大型種の鬼の手でございます。冥王府を通ると遠回りになるうえに諸手続きが必要になります。お差し支えなければこのまま、鬼の通り道、闇回廊をお進みくださいﾞ」

「人界でいうところの、エレベーターのようなものでございます。天界にも昇降機があると伺っております。似たようなものですので、どうか御安心ください」

翠綺は牙王丸の背中に乗ったまま、大型種の鬼の手を見下ろす。

特に急いでいるわけではなく、正式な書状を持っているのだから、鬼の手など頼らず冥王府を通ったほうがいい――と思わなくもなかったが、そうなると牙王丸の存在が問題になる。

このまま近道を通り、どさくさまぎれに牙王丸も通してもらったほうがよい気がした。

「補佐官殿、乗りものを伴ってもよいか？　長く歩くのが苦手ゆえ、亥神の太子を乗りものとして連れてきたのだ」

尊い神の声を鬼に聞かせてやるのは癪だったが、ここで言質を取っておく必要性を感じた。

補佐官とはいえ冥界の者がよいといえば、不法侵入の罪も許されやすくなるだろう。

「亥の太子様も御一緒にと、冥王様が仰せです」

青髪の鬼の言葉に、内心ほっと息をつく。なにしろ冥界には頼み事をしにきたのだ。

百艶の左目を返してくださいとお願いするのに、冥王を怒らせるわけにはいかない。

牙王丸は猪の姿のまま、「よろしく頼む」と大型種の鬼の手のひらに乗った。

翠綺は猪にまたがった状態で、淡茶色の長い毛を手綱のように握り直す。

小型種の美形鬼四名とともに、大型種の鬼の手が地面に潜った。

土の中に呑み込まれるわけだが、瘴気まみれのおぞましい風を切るばかりで、土の感触はない。

真っ暗でもなく、黎明の空に似た薄闇をどこまでも落ちていく。

――冥王城……数万の松明で照らされていると聞くが、まだ暗い。

しばらく待っても灯りは見えず、まだかまだかと業を煮やしたころに、ようやく空間が開けた。

地底にいるはずなのに、まるで空から地上を見下ろしているかのようだ。

真下に見えたのは、大きな朱色の建造物の集合体だった。都ひとつ分といってもいいくらい広いが、果てはある。まぎれもなく地底であり、全方向が岩肌に囲まれていた。

左右対称に区画整理された壮大な建造物の並びは、天界の中央府にある大宮殿に似ている。

松明以外に光源はなく、しかし十分に明るくなるだけの炎が城を囲んでいた。

――地の底の底に……巨大な城……噂以上だ。

天界の大宮殿と変わらぬほど広く大きいとは聞いていたが、空ではなく闇天井が真上に迫り岩肌に包囲されている分、窮屈《きゅうくつ》で、よりいっそう大きく感じられた。

大型種の鬼が建物の屋上に着地し、翠綺は猪に乗ったまま朱色の石畳の上に下ろされる。

この先は自分の足で歩こうかとも思ったが、牙王丸の必要性を主張するため、またがったまま小型種の鬼たちについて行くことにした。

巨大猪の乗り方を心得てきて、胴体ではなく首のあたりに乗れば、股裂きにならなくて済むとわかった。首らしい首ではない太く短い首だが、さすがに胴よりは細くなっている。無遠慮に剛毛をひっつかんで手綱代わりにすれば、さほど悪くない乗り心地だった。

「特別なお客様をお迎えするための城門が、こちらにございます」

カッポカッポと歩く猪ごと屋上を進み、朱色の門に案内される。

御多神村の神社の鳥居とまったく同じ色だったので、不意に北原瞬のことを思いだした。

昨夜、颯とともに人界に降りて、粗末だが澄んだ空気の神社に泊まった。座布団を並べて寝て、寝坊するほどぐっすり寝入ってしまった。

すごしやすかったあの空気は、おそらく瞬が作ったものだろう。

ここはまったく違う。

見上げれば空の代わりに瘴気が詰まった闇天井が見え、冥王の結界にはばまれたまがまがしい魔物たちがキィキィギィギィとうるさく鳴いている。

重たい黒煙にも似た闇天井の向こうは、知性の低い魔物でいっぱいなのだ。

這うものと飛ぶものが結界の際を一緒くたになってうごめいている。飛んで火に入る夏の虫のように光を求めて、耳をふさぎたくなる声を上げていた。

——気色の悪い……あれらの間を下りてきたのか？

鬼の手に乗って通りすぎた薄闇の正体に、ぞわりとする。

冥王城はきらびやかで空気も別段悪くなかったが、やはり神の来るところではない。

そう思う自分とは裏腹に、以前ここに来た百艶や今ここにいる牙王丸は、同じように思ってはいないだろう。少なくとも牙王丸は、獣姿のまま平然としている。

地面を這う獣由来の干支神と、天翔ける龍由来の辰神では感覚が違って当然だった。

百艶は死んだら冥界で鬼神として働くつもりらしいが、翠綺には考えられない話だ。

実のところ今、全身に鳥肌が立っている。怖いわけではなく、穢れたものが近くにあるだけで気分が悪い。神格の高い辰には、こんなところは生理的に無理なのだ。

——牙王丸がいてよかった……沓の裏ですら、この世界のものに触れたくない。

手指に絡みつけた長い毛は、天界の干支神である牙王丸のもの。尻や内腿が触れているのも、気に入りの直衣の裾《すそ》や袖が触れているのも同じ。肌に触れる空気は避けられないにしても、幸い汚染は避けられる。そう考えると、今自分に触れているのは天界のものだけだ。

そういい聞かせることで、粟立った肌をどうにかしずめた。

四名の鬼とともに猪ごと階段を下り、城内を進んで広い廊下に出る。

謁見《えっけん》の間に続く唯一の廊下だと説明された。冥王城は小型種の鬼に合わせて作ってあるが、最果てに待っていた扉は大きく、先ほどまでいた大型種の鬼でも通れそうなものだった。

「冥王様——辰神の皇子翠綺様と、亥神の太子牙王丸様をお連れしました」

補佐官が扉に向かって話しかける。

蝶番《ちょうつがい》がきしむ音がして、巨大な扉が開いた。

入り口から玉座まで真っ直ぐに、緋絨毯《ひじゅうたん》が敷かれている。

壁や柱は赤く、床は黒一色だった。そこら中に金装飾がほどこされている。

玉座は特に華やかで、金糸を織り込んだ布が何十枚も垂らされていた。

冥王の前には、人界と冥界のすべてを見渡せるといわれる大きな円卓が置かれている。まるで鏡のように光っていた。

——すごい……気が……圧を、感じる……！

玉座はとても遠かったが、冥王の気配に圧倒される。

清らかではなく、かといって穢れてもいない、ただただ大きく強い神が同じ空間にいるのがわかる。

まだ遠いのに、すでに体中がざわついていた。

これまでに会ったことのない、自分とはまったく異なる大きな神と対峙《たいじ》するのだと――否応なく思い知らされる。

呑み込まれないよう気構えた。倒れないよう、ぐっと身構えた。

自分自身の生存本能から、しっかりしろと背中を叩かれているかのようだ。

「ようこそ我が城へ――歓迎するぞ、辰神の皇子殿。乗りものの、亥の太子殿も」

緋絨毯の先の玉座で、冥王がくつろいでいる。魅力的な声ではあるが、どこか冷たい低い声だ。

想像とは違い、冥王は冠を被っていなかった。豪華で重たそうな法衣も着ていない。この世界での流行りなのかなんなのか、真紅の軍服を着て純白のマントを羽織り、真っ直ぐな髪を足元まで垂らしている。

大きい神とはいっても見た目が大きいわけではなく、器としては大きめの人間と同じくらいの身丈だ。

大型種の鬼と比べたらとても小さな器に、何千倍も何万倍も大きな神の気と鬼の気を詰めて、さらに詰めて詰め込んだような、いびつな存在感がある。

最強にして至高の美の鬼神――とうたわれるだけあって、誰とも比べようがないほど美しい偉《い》丈《じょう》夫《ふ》だった。

今は神力を失って透視もできない翠綺だが、十分な視力は持っている。遠く離れていても、冥王の虹彩《こうさい》の色まで、はっきりと見ることができた。

冥王の体の左側は白い肌と白い髪、右側は褐色の肌と黒い髪、双眸は左側が赤、右側が紫だ。

事前に知っていても思わず息を呑んでしまうほど奇異な姿なので、知らずに対峙したら不興を買う態度を取ってしまったかもしれない。

いつもみだりがわしい半裸の小姓を侍らせていると聞いていたが、そういった者の姿はなく、ダークスーツを着た補佐官たちが左右にずらりと並んでいた。

「牙王丸、本地は正装か？」

緋絨毯を進む前に、翠綺は猪から下りる。

獣の姿では失礼だが、本地に戻って軽服になるくらいなら獣のほうがましともいえた。

それは牙王丸自身もわかっていて、「一応。問題ない程度には」と答えるなり変容する。

本地の神姿――淡茶色の長い髪がたっぷりと空気を含んで波打ち、浅黒い肌が一部露《あら》わになる。

肌の色に映える銀灰色の直衣姿で胸を張った牙王丸は、そのまますたすた歩きだした。

おい先に行くな――と内心あせった翠綺は、冥王の存在感にひるまない牙王丸を少々憎らしく思う。

相手の強さを肌で感じられない者はただの阿呆だが、牙王丸がそうでないことはわかっている。己《おのれ》より強い者を前に嬉々《きき》とする、武人らしい魂が牙王丸にはあるのだ。

正直これまで自分もそうだと思い込んでいたが、現実には違うらしい。贅沢でも潔癖でも、根っこのところは雄々しく豪快でありたい理想とずれて、性根の姫々しさを思い知らされる。

――くそ、しっかりしろ……情けない！

内心びくついていることを冥王にも牙王丸にも知られたくなくて、翠綺は牙王丸に負けないくらい胸を張って歩いた。

玉座に近づき、円卓より手前で足を止める。

「冥王様、お初にお目にかかります。辰神の皇子、翠綺と申します。輿代わりに猪を伴ってきたことを、どうかお許しください」

「お初にお目にかかります。輿代わりの亥神の太子、牙王丸と申します」

翠綺は牙王丸と並び、緋絨毯の上に両膝をついた。

深く頭を下げ、十分な時間を取ってからゆっくりと顔を上げる。

遠目で見る以上に美しい冥王は、この世界そのもののように思えた。

大きいだけではなく、暗くて深い。

近づくだけで、ばくりと呑み込まれそうな感覚におちいる。たとえるなら怪物の口の中。長い舌に体を巻き取られ、ぎりぎりのところで呑み込まれずにいる気分だ。

「ようこそ我が城へ……そのようにかたくならずともよい」

冥王は少し間を置いてから答え、玉座から立ち上がる。

まさか立つとは思わなかった翠綺は、ぎょっとして後ろに飛び退きそうになった。なんとかこらえたが、たぶん少しは動いてしまっただろう。

質が違って比べるのが難しいとはいえ、冥王に勝るとも劣らない大神の実子でありながら、冥王にびくつく自分が不甲斐なかった。

心底恥じずにはいられない翠綺に、冥王はふふと笑って右手を伸ばす。

「ふたりともあちらの広間へ……歓待の宴の準備が整ったところだ」

そういって冥王が示す先で、金色の扉がおごそかに開かれる。

この謁見の間も無駄に広すぎる空間だったが、続き間も同じく、やたらと広く見えた。天界の都にもそれなりの広間や天井の高いところはあるものの、天界では大きいことや広いことが必ずしも上等なものではないと考えられているため、あえて小ぢんまりとした作りにしている要所もある。

冥界ではそういった感覚がないのだろう。

扉の向こうは縦にも横にも品がないほど広く、ざっと見た限り千名近い鬼の舞い手が並んでいた。さらに楽団の姿も見える。いずれも整然と並んで待機しており、冥王が謁見の間から手を上げると演奏が始まった。

二胡《にこ》や琵琶、琴、笛の音が聞こえてくる。

一刻も早く用事を済ませて帰りたい翠綺は、顔をひきつらせながらこぶしを握りしめた。

歓迎無用、早速本題に入りましょう――といいたくてもいえる相手ではない。

大神の寵愛を受ける皇子として、ある程度わがままが通る天界とは違うのだ。

しかも百艶の左目を返してほしいと無茶をいい、その件で特別に通行手形を発行してもらった形だ。あげくの果てに部外者の牙王丸を勝手に連れてきて、乗りものということでお目こぼしをいただいている。

「どうかしたのか?」と冥王に問われると、ぶすりとふくれっ面になりかけた顔を急いで戻し、「もったいないことでございます」と一礼した。

同じく頭を下げる牙王丸とともに、導かれるまま宴の間に足を踏み入れる。

謁見の間以上にきらびやかな御座所《ござしょ》には、差異のない黄金の椅子が三脚用意されていた。

ここでは顔を隠すものがないとため息もつけず、翠綺は早々に扇を出して開く。

冥王も補佐官も肌の露出が少ない洋装だが、様々な肌色の舞い手たちは限りなく裸に近い恰好で、羽衣を手に舞い始めた。

動いていれば寒さを感じないのだろうが、見ているこちらが寒くなる。上半身は裸に装飾品のみで、乳首しか隠していない者もいた。

男女の舞い手だけでおそらく千名以上、それだけいるのに一糸乱れぬ完璧な動きだった。

しかし楽団が奏でる音楽が雅なだけに、露出度の高い衣装が合っていない——と感じた翠綺は、焦点を微妙にずらす。

武道であれ舞踏であれ、鍛え上げられた肉体は素晴らしいと思うが、性的な見せ方は好きではないのだ。惚れた相手でもない限り、他人の肌など見たくもない。

ましてや瘴気をまとう鬼がここまで大勢集まっていると、魔を祓《はら》って空気を清めたくてたまらなくなる。

ほんの少し気をゆるめたら、本能に任せて雷を呼び起こし、全部燃やしてしまいそうだった。

神力を奪われているためそういった力がないことが、むしろよかったと思える。

種が違うというだけで、残酷なほど厳しく鬼を祓ってしまいそうな自分が怖いくらい、内なる聖性がうずいていた。

「素晴らしく統制の取れた、躍動感のある舞ですね」

勧められた中央の椅子に座って観賞した翠綺は、一応どうにか嘘ではない範囲でほめた。

実際のところ統制は取れているのだ。踊りそのものは圧巻ですらある。

これで衣装さえまともなら、心の底から称賛できただろう。

――早く用件に入りたいが……この状況ですぐにいいだすのは無礼になる。何曲か我慢して、それから……。

立ち上がりたいのを我慢して座り続け、舞を観ている振りをして時を待つ。

舞い手はそろって羽衣を振り回し、はためく音と床を蹴る音が奏楽と重なっていた。

リズミカルで無駄なく切れのよい音に、雌鬼の乳房がゆれて腕にぶつかるときの音が生々しく交ざる。

好色な大神なら冥王と一緒になってたのしみそうな、官能的な舞だった。

翠綺は直衣姿では少々窮屈に感じる椅子に身を預け、運ばれてくる酒に口をつける。

冥界の酒ならば下戸だと嘘をついて断るつもりだったが、幸い出されたのは人界の酒だった。

人界の酒は美味なものが多く、神が飲んでも腹にたまらず、酔わないのが特徴だ。

嗜好品として好まれることを知っているのか、冥王は気に入りの酒を次々と勧めてくる。

おそれ多くも同じ高さの右隣に座って酒のうんちくを語るので、翠綺にしても牙王丸にしても、興味があるような顔をしてたまわるしかなかった。

「急なことだったゆえ、十分なことができず申し訳ない」

「冥王様……とんでもないことでございます。手形を頂戴してからこちらの都合でずいぶんとお時間をいただきましたのに、これほど大勢の舞い手を集めていただけるとは……感激で言葉もありません」

翠綺は丁重に答え、舞も酒もたのしんでいる振りをする。

しかし舞を観ていると、横から……それも左右どちらからも熱い視線が飛んできて、居心地が悪かった。

左にいる牙王丸はいつものことだが、冥王が自分の横顔をじっと見ているのがわかる。

今気づいたような振りをして顔を向けると、「其方の美しさに見惚れていた」といわれたり、「これほど美しい横顔は見たことがない」といわれたり、都度言葉を変えて称えられた。

際立った美貌を自覚しているが、この場では社交辞令として「恐縮です」と流してしまいたい翠綺を余所に、牙王丸が「私もそのように思います」と同調するから面倒なことになる。

翠綺を間に挟み、「龍の角が真珠のようだ」「唇は柘榴の如く瑞々しく、艶やかです」「ほほは水蜜桃《すいみつとう》を思わせる」「髪は黒蜜に似ております」などと競うようにほめ合った。

牙王丸はうつけではないので、「冥王様の黒髪も艶やかで、翠綺の美髪と見分けがつきません。白い御髪は白銀から作られたかのようにまばゆく、これほど美しい髪の方は天界でも見たことがありません」と持ち上げたりもする。

しかしそれで終わらず、「そうそう、今は隠れて見えませんが翠綺は耳の形も素晴らしく」と続けるので、翠綺は幾度となく殴って止めたくなった。

「牙王丸殿は、翠綺殿に惚れ込んでいるのだな？」

「はい、瓜坊だったころから惚れ込んでおります。翠綺と結婚できないなら一生ひとり身をつらぬくと決め、何度も求婚しているのですが、よい返事をもらえません」

余計なことをいうなと無言でにらむ翠綺に、牙王丸は「嘘はつけぬゆえ」と困り顔でぬかす。

ふたりのやりとりを察した冥王は、ふふふと笑って左肩にかかる白い髪を払った。

「翠綺殿、冥界でつく嘘は、他の世界でつく嘘とは違う。ここでは嘘つきは地獄行きになるのだ。大型種の鬼の手で針千本を喉に突っ込まれ、ひどく苦しむことになる」

「おたわむれを……それは人間の死者の場合にございましょう」

「その通りだが、私は嘘がきらいだ」

意味ありげにいわれて、翠綺は「肝《きも》に銘《めい》じておきます」とだけ返した。

おべっかは使っても嘘をついた自覚はなく、これからつく気もない。

それなのにわざわざ釘を刺されるのは、気分のよいものではなかった。

——牙王丸を輿代わりにしたことは大目に見てくださったようだし、その件ではないよな？

どういうつもりかと探っていると、「翠綺殿は百艶殿が好きなのだろう」といまさらなことを訊かれる。

嘘をつくなといわれた直後だけに、答えるのが難しい質問だった。

「友人としては好きですが、それ以上の想いはありません。……今は」

嘘をつくなと事前にいわれていなければ、「今は」と限定しなかっただろう。

以前は違ったと認めるのは癪だが、正直に答えるにはそういうしかなかった。

「それはまことであろうか……私には今でも愛執《あいしゅう》があるとしか思えない。私が出した書状を読み、こうして手形を持ってここへ来たということは、そういうことではないのか？」

百艶の左目を返してほしくて、翠綺は冥王に訴状を出した。春ごろの話だ。

冥王はおどろくほど早く返事をくれた。

しかしすでに翠綺は地下牢に幽閉されていたため、間者《かんじゃ》を通して『刑期が明けましたらすぐにお伺いいたします』と書状を送り、その返事には『たのしみに待っている』と書いてあった。

「あれは春のことだったな。この世界には季節がないが、今が秋だということは知っている」

春がすぎ、夏がすぎ、秋になっても翠綺の決意はゆるがない。

どうしても百艶の目を取り戻したい。

「冥王様……今の私は、過去の過ちを少しでも正したいと思っています。私が感情的になって雷を落としたりしなければ……火事も、車の事故も起きませんでした。百艶の眷属の北原瞬は死なずに済み、百艶が……あとを追うこともなかったはずです。自分がしたことを後悔し、やり直したくても、すぎた時間は戻せません。ですが、せめて……」

「せめて取り戻せるものだけは、取り戻したいと」

「はい。どうにもならないことはあきらめますが、冥王様の温情にすがって変えられるものは、変えたいのです。その気持ちはゆるぎません」

翠綺は右手を自身の左目に伸ばし、涙袋に触れた。

冥界に来たのは百艶の目を取り戻すためであり、それは自身の目との交換でしか叶わない。

寅神の碧眼と引き換えに、辰神の皇子の翠眼が手に入るなら返してもよい。もしもその覚悟があるなら、冥王城まで来られよ――それが冥王の返事だった。

「冥王様、天界で投獄されていた間、お待ちいただきありがとうございました。冥王様のお心が変わらなかったこと、感謝しております」

宴の場でえぐるべきではないことは承知していたが、翠綺はまぶたの上から眼球をなぞる。

冥王に条件を突きつけられる前から、交換しか手がないのでは……と思っていたので、冥王の書状に綴《つづ》られていた言葉におどろくことはなかった。

最初から期待していた通りだったのだから、隻眼《せきがん》になることにためらいはない。

自分のつたなさのせいで百艶は一度死に、次に死んだら冥界で鬼神になる。

その事実と比べたら、片目を失うくらいなんでもないことだ。百艶にはせめて、今生《こんじょう》でなにも不自由がないようにしてやりたい。あの空色の目を冥界から解き放ち、百艶に返したい――。

「――ッ、ァ」

まぶたに触れて覚悟を改めていると、いきなり手首をつかまれる。

いつの間にか立ち上がっていた牙王丸の手だった。

不意のことで袖ごと引っ張られ、顔も体も左にゆれる。

いきなりなんだと文句をつけそうになった翠綺は、冥王の存在を意識して口を閉ざした。

黙ってにらみ上げ、ばっと手を振り払おうとする。

それは上手くいくものの、すぐにまた腕をつかまれた。

「牙王丸……っ」

「翠綺、其方……よもや……よもや己の目と交換しようなどと、思ってはいまいな」

うなる獣のような牙王丸の変貌に、翠綺は一瞬言葉を失う。

三白眼になった目で、こんなに強い視線を向けられたのは初めてだった。

いつも好きだ好きだと真顔でいわれるばかりで、本気でにらまれたことなど一度もない。手合わせは頻繁にしてきたが、気迫がみなぎる目と、怒りまじりのにらみは違う。

「――百艶の左目と、俺の左目を交換していただく。俺は、そのためにここまで来たんだ」

「馬鹿な真似はよせ。百艶はすべて納得したうえで暮らしているのだろう？　其方が犠牲になることなど望んでいない」

「そんなことお前には関係ないし、百艶の望みも関係ない。俺がしたいからするんだ」

「そうでもしないと自分を許せないからか？　それはただの自己満足だ、百艶からしたら迷惑な話だぞ。隻眼になった其方の手から目を返されるあやつの身になってみろ、受け取れるものか」

「……お前には関係ないといっている。もう黙れ……冥王様の御前で無礼だぞ」

宴に不似合いな殺伐とした気を交わしながら、翠綺は声をひそめてすごむ。

これでさすがに黙るだろうと思ったが、そうはいかなかった。

冥王が、「私のことは気にせず、存分に話し合うがよい」といいだしたのだ。

余計なことをと眉間《みけん》に皺を寄せずにはいられない翠綺を余所に、牙王丸は冥王に頭を下げた。

しかしつかんだ翠綺の腕を放すことはなく、「このような体勢で申し訳ありません。おそれながら、冥王様の御言葉に甘えさせていただきます」とさらに一礼する。

許しを得てまだ続ける気のようだったが、いい加減にしてほしかった。

これはもう決まっていることだと理解し、邪魔をしないでもらいたい。

そもそも牙王丸はお目こぼしでここにいるだけで、今回の件になんの関係もないのだ。

「翠綺、冥王様からお許しをいただいた以上、私は其方の気が変わるまで黙らない」

「牙王丸……っ、俺を怒らせるな」

「怒りたければ怒るがいい。だが先のことを考えるときは冷静でいろ。己のために其方が犠牲になったことを知れば、百艶は苦しむ。迷惑どころではないぞ、必ず苦しむ」

「――っ、あやつは人間に夢中で、俺のことなど気にもかけん」

「本気でそう思っているなら其方は馬鹿だ。どうしようもない馬鹿だ。他に想い人ができたとて、大切な幼馴染であることに変わりはない。其方が惚れた男はそんな薄情者ではないぞ」

腕がきしきしときしむほど強くつかまれ、見たこともない迫力でいわれて……翠綺は牙王丸の前で禁城通行手形を使ったことを激しくくやむ。

冥王と自分の取引にはなんの問題もなく、邪魔さえ入らなければすみやかに終わっただろうに、うるさいのを連れてきたせいで面倒なことになってしまった。いっそ黄泉平坂に置き去りにしてくればよかった。こんな邪魔者は迷子にでもさせておけばよかったのだ。情をかけたばかりに大失敗だ。

「冥王様……私に発言のお許しをいただけますでしょうか？」

牙王丸の問いかけに、冥王はこくりとうなずく。

さらに言葉でも、「なんなりというてみよ」と答えた。

「ありがとうございます。おそれながら……どうか、翠綺との取引を反故《ほご》にしてください。翠綺は大神様の寵愛を受ける、特別な皇子です。大神様は翠綺の美貌をとても大切に思っておられます。世の太平のためにも、翠綺の目を奪わないでいただきたい」

「牙王丸、余計な真似を……！」

翠綺の腕を放すなり短い階段に向かった牙王丸は、御座所から駆け下りて冥王の真正面に座る。この城の床は木の板でも畳でもなく艶々とした硬い石だったが、構わずその場で土下座し、「代わりに私の日を差し上げます」と申しでた。

「おい、なにを……っ」

牙王丸の後ろでは千名を超える舞い手が、相変わらず煽情的な舞を繰り広げている。

こちらがなにをやっていても構わない様子で羽衣をひゅんひゅんと振り回し、汗を輝かせながら踊っていた。

「――ほう、亥の太子でありながら、目を失ってもよいと申すか」

冥王は頭の天辺《てっぺん》で二色に分かれた髪をゆらしながら、「面白い」と首をかたむける。

「いえそんなっ、お待ちください！」

翠綺にしてみればなにも面白くない。お前こそ自己満足で無関係な話に割り込んでくるなと、お前の出る幕ではないと、牙王丸をどやしたいところだった。

「亥神の目は強力な魔除けになるといわれているが、あいにくと冥界では魔除けの意味がない。

そのうえ牙王丸殿の目は黒……正直なところ平凡な色だ。碧眼や翠眼ほどの価値はない」

この場で声を荒らげられない立場の翠綺は、冥王の言葉に胸をなで下ろす。

よくよく考えれば、牙王丸の申し出を真に受けて心配することなどなかった。

冥王のいう通り、目の色の価値でいえば希少性の低い黒い目は翠眼や碧眼に劣る。

仮に同じ色であったとしても、亥神の目が、辰神の目の代わりになるはずがないのだ。

冥王は、寅神百艶の碧眼よりも、翠綺の目のほうが希少で格上だから取引を持ちかけたのであって、亥神の牙王丸が割り込める話ではない。

「価値が低い分、二つは欲しい。両目をそろえて差しだすならば、百艶殿の目を返そう」

「無論、片方で済むなどと思い上がってはおりません」

「——……え？」

両目といわれ、なにを馬鹿なことをと思うより早く、牙王丸が左目をえぐる。

なんのためらいもなかった。

止めようがないほどすみやかに、ずっぽりと、自らの目を眼窩《がんか》から抜きだす。

まるで義眼でも取りだすように簡単で……けれども実際には生身の眼球と神経が繋がっていて、血があふれる。

浅黒いほほに血が流れ、左手と、銀灰色の直衣の袖が赤く染まった。

そして右手が、残った右目に向かおうとする。

「やめろ――ッ！」

出遅れた自分を罰する方法があるのなら、誰よりも自分自身をなげうちたかった。

もしも人生で一度だけ、ほんの数秒でも時を戻せるならば、それを今こそ使いたい。

百艶に続き牙王丸まで目を失うなんて、そんなことがあっていいはずがない。

元を正せば自分のせいだ。全部、全部自分のせいだ。

百艶の気を惹きたくて、百艶を袖にした雌神との縁談を進め、結婚に前向きな振りをした。

負けずぎらいの百艶を上手く刺激し、恋人の座を手に入れ……結婚する気がないことを知っていながら、婚約したといい張って百艶を責めた。太子の地位や天界での暮らしに、百艶がもっと未練を抱くと思っていたから――きっと、最初はしぶしぶでも自分と結婚して、やがて他の誰にも目を向けなくなると考えたのだ。

結婚して責任を取るとなれば降格も追放もなくなり、百艶はいずれ寅神の大将になる。自分は寅神一族に嫁ぎ、百艶の正妃としてたくさんの子を生《な》すのだと信じていた。

いや、信じていたのではなく、そうなりたかったから、そうなるものだと思い込んでいた。

「――ッ、グ……ゥ！」

翠綺は風のように御座所から下り、牙王丸の右腕をつかんでしめ上げる。

如何なる剛の者であろうと大男であろうと、亥神最強の男であろうと関係ない。所詮亥神は亥神、辰神とは格が違うのだ。雷と雨雲を引き連れて天翔ける龍に、地を這う猪が勝てる道理がない。辰神が本気を出せば、亥神などひとひねりで殺せるのだ。

腹にこぶしをめり込ませる。本気のようで本気ではない。

内臓や骨を破壊しない程度に力を抜く。確実に意識を奪うために深く突く。

牙王丸が残る右目をえぐれないよう、とにかく止めたくて必死だった。

か弱い娘子のようにぐらりと倒れた巨漢を、受け止めて仰向けに寝かせる。

奏楽は今も続いていた。舞い手は休まず踊り続けている。

躍動感が床と背中からずんずんと伝わってくるのが、実に異様だった。これが天界ならそこら中から悲鳴が届き、失神者が続出しそうなものだったが、冥界はまったく違う。

塵ひとつないほど綺麗に整えられていても、ここは、地獄を擁《よう》する冥界の城だ。

血の色もにおいも、暴力も、この世界では日常にまぎれる程度のものなのかもしれない。

「冥王様……御前を血で穢したことを、お詫び申し上げます」

「ふふふ、穢れなどとは誰も思わぬ。天の神の血は実にかぐわしい」

「——この男の目は、ひとつであっても差し上げることは適いません。お許しを」

翠綺は牙王丸の手から眼球を奪い取り、失神している彼の眼窩にそれを押し込んだ。

空洞に溜まっていた血がどぷりとあふれ、見ているだけで痛そうで、胃がひきつるようなおぞましい作業だった。しかしこれで牙王丸の目は問題ない。

しばらく時間がかかるだろうが、あるべき場所に戻しさえすればやがて回復する。

翠綺は吐き気にふるえかけた手を床にそろえ、短い階段を見すえて心を落ち着けた。

心音は激しく鳴り響いていたが、それでもどうにか冷静になる。

腹の底では怖いと思っていた。我が目をえぐることに躊躇《ちゅうちょ》などなかったのに、あれはなかなかに痛そうだと感じている自分がいやだった。

「お約束通り、冥王様には私の左目を差し上げます」

「いや待たれよ。こうなってしまった以上、当初の予定通りとはいかぬ」

「冥王様……っ」

不興を買ったのではないかと……より厳しい条件を突きつけられるのではないかと、おそれる気持ちはあった。

もしも「其方の両目と引き換えだ」といわれたら、自分はためらいなく差しだせるだろうか。

牙王丸は実に簡単に両目を手放そうとしていたが、翠綺には盲者としての未来が考えられない。

いやむしろ、そうなった場合について考えすぎてしまうといってもいいだろう。

両目を失った場合……翠綺は辰神の皇子のまま身分は変わらないが、牙王丸は確実に太子の地位を失う。将来は亥の大将という約束された立場を兄弟に譲り、数多いる皇子のひとりに落ちるのだ。住まいも側近も、着るものすらも、がらりと変わってしまう。

隻眼になるだけでも立場が危うくなるというのに、両目を失うなんて……牙王丸は後先なしに突っ走りすぎる。

よくも「先のことを考えるときは冷静でいろ」などと偉そうにいえたものだ。自分はどうなのだ、なにも考えていないのではないか。

身分云々は抜きにしても、片目が残るのと残らないのでは、これから先のすべてがまったく違うはずだ。天界に戻っても地獄の底のような闇の中で、いったいどう生きればよいのか。日常のなにもかもを誰かに頼らなければならないとしたら、自分は果たして自分として生きていけるのだろうか――。

そういうことを一瞬のうちに考えるのは、臆病《おくびょう》なわけではなく至極真っ当なことだと翠綺は思った。自分が特に小心者なわけではなく、牙王丸が勢い任せで無茶苦茶なのだ。そういうところが猪なのだ。

「今ここで翠綺殿の目を受け取り、百艶殿の目を返したとしても……牙王丸殿が目覚めれば、『両目と交換してください』といいだすのではないか？　そういう男に思えるぞ」

「――冥王様……」

「そして翠綺殿がまた、『友の両目を返してください』といいだすだろう。堂々巡りで終わりがない」

不興を買ったのか、逆に面白がられているのか、顔を見上げても耳を澄まして声を聴いても、判別できなかった。

そもそも眼球を蒐集する趣味自体が理解できない。鬼神や鬼や亡者を束ねる冥界の王の感情など、読めるわけがないのだ。

牙王丸が余計なことをしたせいで予定通りにいかなくなり、目の前で気を失っている牙王丸の面を引っぱたいてやりたい気分だったが——元を正せば悪いのは自分、自分である。

今だって、牙王丸が動きだす前にさっさと左目をえぐって差しだせばよかった。

あるいはどうにか理由をつけて、席を外させてから取引の話をすればよかったのだ。

後悔してからでは遅いとわかっているのに、また失敗した。

ほんの少しの誤りが、取り返しのつかない事態を生む。

こんなはずじゃなかったとくやんだときにはもう、どうにもならないところに落ちているのだ。

「そのように青ざめると、ますます色香が増す。さすが大神の自慢の皇子……うらやましいほど艶っぽく、美しい」

ふふふと、またしても不気味に笑う冥王が、粘つく視線を送ってくる。

よく知っている視線だった。

冥王と会ったのはこれが初めてだが、この視線は昔から知っている。天界の神々のほとんど誰もが……特に雄神の多くが、自分に向けてくる劣情の視線そのままだ。

冥王とはいえ、そこら辺の干支神と大した差はない。

まだ終わったわけではないと思えた。取り返しはつくのだと、希望を持てる。

「翠綺殿、其方が夜伽《よとぎ》を務めるならば、すべてを大目に見よう」

「――っ」

直前、それで済んだらよいな……と、思った通りのことをいわれた。

両目を差しだせといわれるよりは、ずっといいと思いながら想像していた言葉だ。

やはり、牙王丸の両目も自分の両目も、勢い任せにあげられるものではない。

「牙王丸殿を医官に預け、我が褥《しとね》へ参られよ。私はなにも、形あるものを集めることにばかり執着しているわけではないのだ。美しき辰神の皇子を思いのままにできるならば、他にはなにも要らぬ。一夜の得がたい経験と引き換えに、明朝《あんど》……百艶殿の目を返そう」

ああ、よかったと……思っている。確かに安堵している。

冥王といえども男は男。理解できない蒐集癖はあるが、根っこのところは普通でよかった。

推察通りのことをいわれただけだ。

誇り高き辰神の皇子が、鬼神と交わるなど——本来ならばあってはならないが、それでも自分は、そのほうがましだと思ったのだ。こういう条件を、内心希望したのだ。

一生を左右する両目の欠損など、無関係な牙王丸の身ではもちろん、罪深い己の身でも受け入れがたいが、一夜限りならすべてを差しだせる。

いやもなにもない。そうしなければならないのだ。

百艶の左目を取り戻し、彼に返す。北原瞬との生活がつつがなく送れるようにする。

あの夜、感情に任せて雷を落としたのは自分だ。

なにかを捧げなければ、雷鳴は永遠に鳴りやまない。

「——おそれながら……つつしんで、夜伽を務めさせていただきます」

答える前に覚悟を決めたはずなのに、わずかばかり声がふるえてしまった。

好色な辰の性を持ちながらも、一時の快楽に流されずに生きてきた。

惚れた男以外に体を許したことなど、一度だってないのだ。

——冥王に……抱かれる……俺が……。

杳裏ですら冥界のものに触れていたくないくらい、この世界が性に合わない。

しかし肌をさらすのだ。冥王の唇を吸い、自ら脚を開いて、体をつなげる。どろどろとした白い濁液を身の奥に受けて、よがらなければならない。

手順はわかっていても、想像は最後まで辿り着けなかった。途中の段階で吐き気に襲われる。全身がおぞけ立った。

いっそ牙王丸のように腹を突かれ、意識を失ってしまいたい。殴られてもいい、蹴られてもいいから、ぐっすりと眠っていたい。

そうしている間に済んでくれたら、意識があるよりどんなにかましだろう。

ああ、自分はこんなに往生際の悪い男だったのか……常に胸を張り、目をしっかりと見開き、立ち向かえる男でありたかった。

あれこれと考えずに自ら両目をえぐり取り、不敵に笑い、見た目にそぐわぬ豪胆な男よ——とおどろかれるくらいでありたかったのに、まったく違う。

自分は案外凡庸《ぼんよう》なのだ。己のすべてにがっかりだ。

美しいとほめられるのは見た目だけ……心の見苦しさに、ひどく落胆する。

四

冥王の寝所に続く廊下を歩きながら、くくれぬ腹を無理やりくくる。

不完全だが、ある程度の覚悟はしたつもりだった。

しかし態度はまだ決まらない。最終的にやることは同じでも、どんな顔をしてどう振る舞うかは、自分で決めることができるからだ。

夜伽を務めるようといわれたのだし、そもそもお願いをしている立場なのだから、取るべき態度はわかっている。遊女を見習い、冥王を精いっぱいたのしませるのが筋だ。

それがもっとも正しく相応しい態度だと知りながら、翠綺は自我を抑えきれなかった。

終わりが来るのをひたすら待つように、魂の抜けた人形になってしまいたい。

完全に意識を失うわけにはいかないが、半分は他人事のようにとらえて……残り半分でどうにかやりすごせたらいいのにと思う。

そんなことをすれば冥王を怒らせるかもしれないのに、能動的に奉仕する自分を想像できなかった。

よくよく考えてみれば、冥王には特異な記録能力があり、それを頭の中だけではなく鏡に映しだして第三者に見せる力もある。

冥王は、「形あるものを集めることに執着しているわけではない」といっていたが、冥王と翠綺の一夜は、記録映像として確実に残ることになるのだ。

脚の間にある陽物も、双丘の狭間に隠れた後孔も、冥王の目にさらした途端に自分だけのものではなくなる。

そのことに気づいたときは血の気が引いたが、いまさら引き返せるわけがなかった。

気が変わった――といって通じる相手ではないし、ここで怖気づいたら、今よりもっと自分を許せなくなる。

だからどうにか辛抱して、鬼の女官に遊女まがいの緋色の長襦袢《ながじゅばん》を着せられても、なにもいわなかった。普段は目の色に合わせた翡翠色を好み、明るい黄色や橙《だいだい》色のものを身に着けることはあっても、緋色は選ばない。

衣からして、自分ではない自分にされることを受け入れた。

黄金の櫛《くし》で髪を梳《す》かれ、角を花で飾られたときも、なにもいわなかった。

冥界の花らしく血の色をしていたが、花に罪はない。薔薇《ばら》にも椿にも似た、美しい花だ。

冥王の寝所は黄金の回廊の先にあり、途中には悪趣味な蒐集品が飾られている。

とびきり綺麗な手足や、宝石で装飾された骨や歯列、人間の皮膚で作られた革製品などが、壁に埋め込まれた水晶の箱に収められていた。

ほとんどの箱は常並みの温度のものだったが、廊下にまで冷気を放つ氷漬けの箱もある。そうしなければ腐敗を止められない類《たぐい》のものなのだろう。

展示物の説明はないものの、翠綺にはそれぞれが三世界のどれのものかすぐにわかった。

持ち主の元を離れても、天界のものは天界の気を放ち、他もそれぞれ出自を主張している。

孔雀色《くじやくいろ》の虹彩など、めずらしい色の眼球コレクションが続き、もしやと思って左右を注意深く見ながら進むと、最奥に近い壁面から馴染みのある気を感じた。

他の眼球とは違う、格別な扱いのものがある。

大粒の蒼玉石がちりばめられた白銀の宝石箱に、空色の瞳が鎮座していた。

――百艶……！

次に死したら冥界で鬼神となる――その契約の証しとして差しだされた目が、ここにある。

心を半分どこかに飛ばしていたのに、つむじ風に巻かれるように引き戻された。

頭の奥に雷鳴が響く。緑色の雷が光る。

あのときあんなことをしなければ……雷を落として家を焼いたりしなければ、こんなことにはならなかった。

自分がもっと現実を見て冷静だったなら、今ごろ百艶の目は彼のもとにあったのだ。義眼を入れて不自由な思いをしなくて済んだし、牙王丸もこんなところに来て傷を負うことはなかった。

自分も遊女のような恰好などしていないはずだ。

愚かだったと思う。何度でも思う。後悔も反省も、いくらしてもし足りない。

「――お待たせして申し訳ありません」

案内役の補佐官と別れ、冥王の寝所に足を踏み入れる。

背後で扉が閉められる音がしたが、それよりもただよう香りに意識をつかまれた。

百合に似た、官能的な香気に鼻をくすぐられる。

少し強い、いや、だいぶ強い香りだ。

いいにおいかどうかといえば間違いなくいいにおいで、好きかきらいかといえば好きなほうだが……胸の奥で警鐘《けいしょう》が鳴る。

これは嗅いではいけないものだ。息を止めなくてはいけない。肺の中まで満たすと危険なにおいだ。

神とはいえ、そう長く息を止めておくことなどできないけれど、密かに息を止めてみる。

でもきっと、もう遅い。

冥王が横たわる天蓋《てんがい》つきのベッドに近づくころには、頭の芯が軽くゆらいでいた。

いやな予感しかしない。

「緋色の長襦袢がよく似合う。踊り子の衣装と迷ったが、やはりこちらにしてよかった。其方の白い肌が際立って見える」

冥王は積み重ねられた枕に体を預け、手招きで誘いをかけてくる。

白い肌というが、冥王の左半身のほうがより白い。

翠綺の肌は透明感があり、流れる血の色が桜色に透けて見えるのに対して、冥王の肌は青い血でも流れているのかと思うほど生気がない。

左肩や胸にかかる髪も真っ白だ。赤い左目は、アルビノの蛇を彷彿《ほうふつ》とさせる。

その一方で右半身は生き生きとした褐色の肌と黒い髪、どこの世界においても希少な神々しい紫の目を持ち、ひとつの体に異なる生物が共存している趣《おもむき》があった。

しどけない夜着姿でいると、首や胸が露わになり、体が真ん中で二色に分かれているのが異様に見える。

おそろしくもあり、顔や体の造形など二の次だった。

よくよく見ればまさしく美の鬼神に違いないが、相容れず、触れ合うことなど考えられない。

――このにおい……頭がくらくらする……。

寝所に充満する百合の香りが、肺を満たし、脳をおかしくした。

ベッドの近くに置かれた黒い蠟燭《ろうそく》の炎の横で、香炉が薄紫色の煙を上げている。

そこがにおいの発生源に違いなく、吸えば吸うほど意識がとおのいた。

「冥王様……この香りは……」

気づけばベッドに横たわっていた。履《は》いていたはずの室内履きがいつの間にか脱げている。

煙を嗅いでくらりとしていた数秒が、実際にはもっと長かったのかもしれない。

ベッドに上がるという行為をいつの間にかできたことをよかったと思うべきなのだろうが、あずかり知らない時間がすぎたことに恐怖した。

この先も、こんなことが起きるのだろうか……まばたきをする一瞬のつもりで何工程も飛ばし、はっと気づいたときには冥王の陽物につらぬかれていたりするのだろうか――。

「冥王様……っ」

冥王はすぐ横にいた。

真上といってもいいくらい近くにいて、顔を覗き込んでくる。

決して顔の大きな男ではないのに、今は首から上がとんでもなく大きく感じられた。紫と赤い目の両方にとらわれる。鼻も口もおそろしく大きく見えて、油断したら喰われる気がした。

しかし警戒しようにもすでに遅く、四肢が思うように動かない。

「よい香りであろう？」

声をかけられると、膝がびくりと弾けた。

緋襦袢の裾を割られ、脚を開かれる。くるぶしをなぞられ、足指をつままれた。親指の爪をはがすかのように、反対側に反らされる。

痛むほどではないものの、少し圧をかけられた。

先ほど目にしたコレクションの中に、形のよい爪のついた足があったのを思いだす。

自分の四肢が切断されて飾られる様を想像し、うっと吐き気を覚えた。

「この香は、冥界にのみ咲く地獄百合から採れるものだ。媚薬香と呼ばれている」

「媚薬……香？」

「なにも心配することはない。体を芯から温め、くつろがせ、快楽を受け入れやすいよう素直にさせるだけのものだ」

「――素直、ですか……」

「そう、素直な態度は好ましい。別名は黄泉《よみ》の和太太備といって、猫や虎への効果は覿面《てきめん》。辰神の皇子殿には、ほどほどの効き目であろうか」

「……さあ……まだ、よくわかりません……」

香りの正体を知ると、恐怖心が少しやわらいだ。

今の自分は強い酒に酔ったときと同じようなものだと思えば、なにが起きてもさほどおどろかずにいられる。

大神に神力を奪われ、雷ひとつ落とせない無力な身とはいえ、辰神の皇子としての誇りはあるのだ。内心びくついていることを他者に知られたくない。自分が知っているだけでも恥ずかしく、くやしいのに、冥王に知られて嗤《わら》われるなど耐えられない。

「ふふ……もっと楽に……この香を胸の奥深くまで吸い込んで、流れに任せてしまえばよいのだ。地獄百合の香は、すべての亡者と生者に効く……干支神一の強さを誇る辰神も例外ではない。鬼神はどちらにも属さぬゆえ、私には効かぬが……」

冥王の冷たい息が膝にかかる。

先ほど巨大に見えた顔は、今は本来の大きさ通り、均整の取れたものに戻っていた。左右色違いの奇異な見た目だが、やはり美しい神だ。

もちろん足の爪をはがされることも四肢を切断されることもなく、肌のなめらかさを確かめるように足をなでられているだけだった。

足首をつかまれ、ふくらはぎをやんわりともまれる。

百合の香りが、また一段と強くなった気がした。

別名は黄泉の和太太備――などといわれたせいで、可愛い颯の顔を思いだす。

天界から和太太備を持ってきた颯と、人界に降り立ったのは昨日のことだ。

もう何日も経ったように感じるけれど、昨日のことに間違いない。

颯と一緒に御多神村の神社に泊まり、翌日、バスに乗って姫美沢町に行ったのだ。百艶と瞬が作った弁当を食べ、そのあと牙王丸がやって来て、冥界へ――。

「あ、ぁ……っ」

太ももをなでられると、おかしな声がもれてしまう。

いやだとは思わなかった。それが奇妙でしかたがない。いやでないはずがないのに……なぜか平気で、それどころか少し気持ちがいいとすら思った。

あちこちさわる前に、媚薬香だと種明かしをしてくれたことに感謝したくなる。

それを知らずにこんな心地を味わったら、ひどい自己嫌悪におちいるところだ。

好きでもない男にさわられたくなるのも、恋でもしているかのように体の芯が熱くなるのも、角がひくひくとふるえて変化してしまうのも……媚薬香のせいにできるだけいくらか救われた。

「襦袢に染みができている。なんとまあ、かぐわしい」

「――ぅ、ぁ」

冷たい手指ととがった爪で鼠蹊部《そけいぶ》をなでられ、同じくらいひんやりとした絹の上で身じろぐ。

すでに脚を開かれていた。下着をつけていない体をあばかれる。

体が火照り、爪先まで血が通っている実感があった。甲も足首もふくらはぎも熱っぽい。

緋襦袢に染みを作る恥知らずな陽物に至っては、まるで心の臓のようだった。

脚の間でどくどくと脈打ち、体中に熱を運んでいる。

「……ぅ、ん……っ」

黒と白に分かれた頭が脚の間に迫ってきて、内腿に口づけられた。

ただそれだけのことに感じてしまい、陽物に芯が通る。

すでにそびえていたものに、ぐっと血が集まるのがわかった。

芯はいっそう硬くなり、ひくつきながら緋襦袢の染みを増やす。

——情けない……媚薬香に甘えて、俺は……乱れることを許してしまっている。

いっそ苦しむべきなのだ。

片目をえぐった百艶や牙王丸の痛みと比べて、楽であってはいけない。耐えがたきを耐え、痛烈に不快でつらいことをされるべきだ。しばらく立ち直れないほどの苦痛と嫌悪を乗り越えなくては、いつまでも許されない。

「は、ぅ……ぁ」

胸元を広げられ、翡翠の首飾りに触れられたうえに左の乳首を舐められる。

体の中を走るのはまぎれもなく快楽で……贖罪《しょくざい》に相応しい苦痛は得られなかった。相手が醜く位の低い鬼であったなら、媚薬香を嗅いでも不快感を保てたのだろうか。それとも相手構わず快楽を得られるほど、この香の力は強いのか——。

「く、ぅ……っ」

冥王の指が右の乳首に向かうと、左右そろって変化する。

どちらもまわりの皮膚を引っ張るように、つんととがって硬くなった。普段はほとんど平らで存在感がないものが、こんなときだけやたらと主張するのが憎らしい。陽物と一緒になって主を裏切る……手に負えない、いやな器官だ。

「――う、ぁ」

冥王の手が脚の間に伸びてきて、濡れそぼった全長を根元からなでられる。

ぎゅっと搾るような手つきでくびれまでしめつけられ、先端はやんわりと手のひらで包まれた。するどく長い爪で鈴口をつつかれるかと思いきや、いつの間にか爪が短く丸くなっている。

ほっとしてしまう自分に、またしてもうんざりした。

残虐なことを平然とやりそうな冥王に、ひどいことをされて……血を流すくらいでいいはずだ。いやでいやでたまらないことをされて、痛くて苦しくて涙を流し、本当の意味で身悶えるべきだ。そう思っているくせに、至極普通の愛撫《あいぶ》に安堵している。

「……ぅ、冥王……様……っ」

真ん中で綺麗に黒と白に分かれた頭が、少しずつ下がっていった。

乱れた緋襦袢と一緒に、膝を大きく開かれる。

すべては記録され、いつか誰かの目にさらされると思うと心がふるえた。

罰としてはよい傾向だ。

今ここでつらい目に遭っておかないと、いつまでもずっとつらいままになる。

天の地下牢で己の無力さを嘆き、気に病み続けることが贖罪になるならそれでもいいが、百艶にとって利のある形でなければ意味がない。それこそ自己満足な話になってしまう。

「――ふ、ぁ！」

反り返る陽物を口に含まれ、下腹がこわばる。

自分から奉仕して冥王をよろこばせなければ……と思っても、左右色の違う手がそれを許さない。ぐわりと強く膝裏をつかまれて、どうしようもなく恥ずかしい恰好をさせられる。

すべてを記録するように、穴が開きそうなほどじっくりと見つめられた。

元より穴の開いている肉の狭間に、指を添えられる。

「……ぅ、っ」

翠綺自身が垂らした淫蜜が、冥王の指に絡んでいた。

さらに香油瓶を寄せられ、糸のように細く垂らした油を鈴口に注がれる。

蜜を垂らすばかりで受け入れる余裕などない過敏な精孔が、重たい油でこじ開けられるようだった。ぱくりと開いた小さな孔から、蜜なのか油なのかわからないものがとうとうと流れる。

「あ……っ」と甘く声をもらしたときにはもう、双珠の曲線を辿っていた。

蜜まじりの油が、つうっと速く流れて狭間に向かう。

「い、ぁ……っ」

ぬめりをまとった冥王の指が、二本そろって体内に入ってくる。

いやだと思った。明確に、いやでたまらないと思った。

痛くもなく苦しくもなく、媚薬香でなんだかふわふわと心地よいけれど……肉体よりもかたくなな心がいやがっている。

好きでもない男の一部を受け入れることに抵抗を示し、決して折れようとしない。

媚薬香などにだまされない心は、とても正直に冥王の指を嫌悪している。

「う、ぁ……！」

長い指が体内で踊り、狭隘《きょうあい》な肉孔を拡げられた。

触れられると全身がびくついてしまう、あやういところを繰り返し狙われる。

そのたびに声は甘くかすれ、腰や膝がびくついた。

男の愛撫によろこび、この上なく感じているような反応を見せて……腹につくほど昂った陽物から淫蜜を噴く。

それは少しばかり濁り、かたまりの混じる重い蜜だ。

緋襦袢の上にぼたぼたと落ちて、時間をかけて染みていく。

「これが辰神の皇子の精のにおいか」

「――そのように、嗅がないで……ください」

「そうはいかぬ。ああ、この瑞々しく青い香りを記録できたなら……蒐集箱に閉じ込めて、いつでも嗅ぐことができたなら……どんなにかよかっただろうに」

「冥王様……っ、おたわむれを……」

「ひとり占めするのは申し訳ないくらいだ。なんと蠱惑的《こわくてき》な美臭であろうか」

顔を上げた冥王は満足げなため息をつき、高い鼻を寄せて精臭をさらに嗅ぎ込む。

しかし翠綺はまだ達してはおらず、噴いたものは先走りでしかない。

不透明に近いほど白い本物の精液を噴いたとき、どのように嗅がれてなんといわれるのか、想像するだけで龍の角の先がとがる。

こらえなければ冥王に向かって伸びそうだった。

なんとか抑えてはいるものの、元より角は攻撃的で……媚薬香に抗って翠綺本体を逃がそうとしている。落ち着けといい聞かせても、なかなかいうことを聞いてくれない。

ぐさりと、冥王を刺したいのが本音だ。

――こういうのを、生理的に受けつけない……というのだ！

ああ、いやだ、いやだ。いやなくらいでちょうどいいが、それにしてもいやだ。

ぬちゅぬちゅと粘ついた音を立て、長い指が出入りを繰り返す。

三本の指を入れられると、雄を迎えるときの感覚を思いだした。

相手に自分のすべてをさらし、他の誰にも見せないところで受け入れる……あの、いささか恥ずかしく幸福な交わりを今からするのだと思うと、胃が裏返りそうだった。

百艶とだから幸福だっただけで、相手が違えば最悪だ。

龍の角がとがる。反吐が出そうだ。

「――おや、誰か来たようだな」

翠綺の中を三本の指で犯しながら、冥王が顔を上げた。

おどろいている様子はなく、そう不快げでもない。

それどころか口角を少し上げ、空いているほうの手を宙に舞わせた。

神力を使ったようだったが、なにをしたのかまではわからない。

「冥王様？　今、なにを……」

「施錠を解き、扉を開けたのだ。回廊の扉を」

蝶《ちょう》のように優雅に舞う指先を、冥王は寝所の扉に向ける。

また力を使い、扉を開けた。

蒐集箱だらけの回廊から、荒々しい足音が聞こえてくる。

誰かが踏み込み、悪趣味な蒐集品には目もくれず走ってきた。

誰かと考えるより早く、肌なじみのよい気を感じる。

天界のものだ、よく知っている干支神のものだ。

亥神の太子牙王丸が、すぐそこまで来ている。

「翠綺……っ、翠綺！」

冥王の寝所という極めて私的な空間に、牙王丸は躊躇なく駆け込んできた。

長い髪を振り乱し、袿のみの姿で、左目には包帯を巻かれていて痛々しい。

まさかの侵入者におどろく翠綺とは裏腹に、冥王は未来を予見していたのかと思うような冷静さで微笑を浮かべていた。

そんな便利な能力は、さすがの冥王にだってない。

ないはずだが、実際はあるのではないかと疑ってしまう表情だ。

状況をたのしむ余裕すら感じられる。

牙王丸が近づいてきているのをわかっていて、施錠を解き、いくつもの扉を開けて迎え入れた冥王の行動が――翠綺にはまったく理解できなかった。

翠綺を抱きたい冥王にとって、牙王丸は邪魔者でしかないはずだ。

私的な部屋はもちろん、回廊にも近づけないよう、すべての扉を固く閉ざすことが冥王には容易にできる。間違いなくできるはずなのに、それをなぜやらないのか……どうして邪魔者を迎え入れるのか、冥王の考えがわからない。

「冥王様……っ、友の無礼をお許しください！」

わからなくて、でもおそろしくて、気づいたときにはベッドの上で平伏していた。

体の中に挿し込まれていた冥王の指から逃げ、膝をそろえ、手をついて頭を下げる。

あれこれと考えるよりも早く、牙王丸が処罰される姿が浮かんでいた。

それが現実になるのを阻止したくて必死だった。

牙王丸をあえて寝所まで迎え入れたのは、明確な無礼を働かせ……そのうえで堂々と無礼打ちにするためではないかと思うと心がふるえて、全身全霊で許しを請う。

冥王は百艶から片目を奪い、それを展示しているような異常な神だ。牙王丸を殺し、そのまま剝製《はくせい》にして飾るといいだしたとて不思議ではない。

「冥王様……どうか、お許しください。牙王丸には私からきつくいい聞かせます！　すぐに出ていくよう、きちんといい聞かせます！」

そうはいってみたものの、言葉でどれだけ説得しても牙王丸が聞かないことはわかっていた。

だからまた、殴るしかないと思っている。

先ほどよりもさらに強く、みぞおちにこぶしをめり込ませよう。確実に意識を失わせ、医官に引き渡して……今度は鎖でも巻いて、朝まで身動きできないようにしてもらおう。

そうすることで牙王丸が殺されるのを避けられるなら、いくらでも殴れる。

いくらでも頭を下げられる。

「冥王様！　翠綺を解放してください！　私の両目を差し上げます！」

「牙王丸！　黙れっ、余計なことを申すな！」

ベッドに駆け寄ってくる牙王丸に牙を剝き、翠綺は龍の角を刃のようにとがらせる。

怒りとあせりで牙王丸を刺してしまいそうな勢いだったが、こらえて冥王の腕にすがった。

「……っ、どうかお許しください！」

とにかく必死で、なりふり構っていられなかった。

冥王がその気になれば、亥神など一瞬……一撃で殺せるのだ。

亥神どころか辰神ですら同じくらい簡単に殺せてしまうだろう。

目の前の鬼神は、それくらい絶大な力を持っている。

「――ふふ、そのようにふるえて……」

冥王は怒気や不快感をちらりとも見せず、目を細めた。

ふふ、ふふふ……とこらえきれない様子で笑いながら、必死の形相のふたりを交互に見やる。

喉ぼとけでくっきりと二色に分かれた首をかしげ、「これからだ。これから、より素晴らしい夜になる」と、予言のように口にした。

「冥王様？」

「翠綺殿の発言からして、牙王丸殿は童貞だとか。冥界に下りてすぐ……黄泉平坂でいっていたことはまことか？」

どこに着地するのか読めない冥王の問いに、翠綺はなんと返せばよいかわからなかった。牙王丸が童貞なのは事実だと思うが、近々に確認を取ったわけではない。しつこく自分のことを好きだというので、相変わらず童貞のままなのだろうと決めつけていただけのことだ。

「冥王様、翠綺がいっていたことは事実です。私は翠綺に貞操を誓い、接吻すら誰とも交わしたことがありません」

ベッドを前にして答える牙王丸を、翠綺はぎろっとにらみ上げる。べつに憎いわけではなく、どうしてよいかわからなくてそうするしかなかった。本当はにらむのではなく、角ごと頭を抱えて声を限りに呻きたかった。余計なことをいうな……とも思うし、問われたことには正直に答えるべきだとも思う。着地点が見えるまで、まともに息もつけない。

「ずいぶんと堂々としているのだな。男としての未熟さを恥じたりはしないのか？」

「おそれながら、未熟だとも恥ずかしいとも思いません。如何なる誘惑にも流されず、一途に想いをつらぬく行為を誇りこそすれ、恥じることなど微塵もありません」

牙王丸は言葉通り誇らしげに胸を張り、冥王に一礼する。

左目は包帯で隠れていたが、片方だけでも十分な目力を見せつけてきた。

自分がしていることに迷いがなく、自信に満ちている目だ。凡庸な黒色だが、その強い輝きはありふれたものではない。これまで見た誰よりも強く、真っ直ぐな目だ。

「冥王様、翠綺が……夜伽を命じられたと聞きました。私はそれを黙って見すごすことはできません。どうか翠綺を解放し、百艶の左目を翠綺にお渡しください。代わりに私が捧げられるものはなんでも……両目でも命でも、今すぐに捧げます」

「牙王丸……っ、黙れ！」

冥王の腕にすがっていた翠綺は、雷のような速さでベッドから飛び下りる。

牙王丸の胸倉をつかみ、とにかく黙らせたくてしかたがなかった。

大男を持ち上げられるくらいの力が出て、眼前でゆがむ太眉をにらみ上げる。

「――っ、翠綺……！」

「お前が目や命を失うくらいことに比べたら、春を鬻《ひさ》ぐことなどなんでもない！　これ以上っ、俺を情けない男にするな！　俺は辰神の皇子……っ、お前に守られること自体が屈辱だ！」

なにを、どういえば正解なのか――誤ることがおそろしかったが、自分の意思ははっきりしている。

穏便に済ませて、牙王丸を無事に帰らせたかった。

すでに左目を傷つけているのだから無事とはいえないが、やがて治る傷はまだいい。

取り返しのつかないことは、絶対にいやだ。

それと比べたら、春を鬻ぐことなどなんでもないのだ。いやはいやでも次元が違う。

それはまぎれもない本心だ。

「翠綺殿、そう熱くならずともよい」

媚薬香の効き目とは別の意味で熱くなっていた翠綺は、牙王丸の両肘をひっつかんでから振り返る。冥王と話している間に牙王丸が両目をえぐりかねないので、一瞬も気を抜けなかった。

「私はめずらしいものが好きなのだ。誇り高く美しく、潔癖な其方が乱れる姿と同じくらい、亥神の太子の筆下ろしにも興味がある」

「――っ、筆下ろし？」

「どちらも手に入れる方法があるではないか」

ふふ、くふふ……と今宵一番の笑みを浮かべた冥王が、指をすうっと牙王丸の下腹に向ける。

明らかに性器のあたりを指差しながら、「干支神の交わりが見てみたい」といいだした。

「……え？」

「高嶺《たかね》の花であろう想い人を初めて抱く瞬間……亥神の太子がどのような顔をするのか、見てみたい。袿に隠れた素晴らしい肉体も、この目でとくと観賞したい。この先、何十回……何百回もたのしむに値する交わりが見られるならば、私は傍観者に徹しよう」

「冥王様……っ」

積み重ねられた枕に身を預けながら、冥王が笑う。

なにを考えているのかも、なにをすればいいのかも、ようやくわかった。

こちらにとって都合がよすぎて勘違いしていないかと疑ってしまうが、間違いない。

冥王は確かに、傍観者に徹してもいいといったのだ。勘違いであるはずがない。

「おそれながら冥王様、私は、翠綺の意思に反して無理やり抱くような真似は……」

「黙れ！」

できません――といいかけていた牙王丸の口を、翠綺は手のひらでふさぐ。「黙れ！」というより「抱け！」というべきだったと気づくなり、すぐにそうした。

「俺を抱け！」と、怒鳴りながらベッドに向かって引き倒す。

「翠綺……っ」

なにが意思だ、なにが無理やりだ――そんなもの、牙王丸の身の安全と比べたらどうでもいいことだ。酔狂《すいきよう》な冥王が、極めて悪趣味だがこちらにとって都合のよい提案をしてくれているのだから、飛びつかなくてはならない。気が変わる前にさっさと条件をクリアして、ほぼほぼ無傷で帰るのだ。百艶の左目を手に、ふたりで……颯が待つ人界に必ず戻る。

「ん……ぅ、ふ……」

「――ッ！」

媚薬香と香油の香りの中で、翠綺は牙王丸に口づけた。

長年貞操を守っているだけあって頭が固く、相手の意思がどうのこうのとこだわりがある牙王丸を、実力行使で引きずり込む。

媚薬香に頼るのは不本意だったが、まるくおさまるならそれでいい。

自分の魅力で腰砕けにしようと媚薬香の力でそうしようと、結果は同じだ。

――お前が無事なら、それでいい……！

左目をえぐった瞬間の牙王丸の姿が、目に焼きついて離れない。

あんなものを、二度と見たくない。

あんなことを、二度とさせたくない。

あれに比べたら、牙王丸に抱かれるくらいなんでもないことだ。

「……く、ぅ」

「――ッ、ゥ」

唇を強く吸うと、同じくらいの強さで吸い返される。

部屋の扉の開閉によりいったん薄まった媚薬香が、再び濃くなって効きだしたのかもしれない。

あるいはまったく関係なく、初めて重ねた唇にたちまち欲情したのだろうか。

——不思議な心地だ……。

冥王とは口づけをしていないものの、翠綺には口を含めて体中すべてを穢されたような感覚があり……今それを、牙王丸によって清められている気がした。

天界のものだからというのもあるが、それだけではない。

牙王丸の唇は、誰にも穢されていないのだ。

雄神はもちろんのこと、どこかの雌神に奪われて紅が移ったこともない、清らかな唇。雄々しくて厚みがあって、貪欲《どんよく》に動く舌を内包しながらも、赤子のように無垢で綺麗な口。

こうして重ねるまで、その価値に気づかなかった。

「ん、ぅ……ふ」

引き倒したはずの体に押し倒され、唇を吸われる。

冥王が牙王丸の体を見たがっていたので、袿に手をかけた。

発達した僧帽筋《そうぼうきん》に触れながら怒った肩をなぞり、袿をするりと脱がせる。

人界の公園で見た裸とは、だいぶ違って感じられた。

あのときは呆れる気持ちが大きかったのに、今はいたくよいものを見ている気がする。

褌《ふんどし》一枚にすると、鼓動が跳ね上がった。

媚薬香の影響もあるのだろうが、牙王丸の筋肉たっぷりの胸や、細かく割れた腹が性的に見えてしかたがない。

思わず両手を開き、胸をぐわりとつかんでしまった。

雌神の乳房など揉んだことがないが、錯覚しそうなほど揉み応えのある立派な雄乳だ。

寄せると深い谷間ができて、ぞくんと胸がさわぐ。

こういった行為と無縁の体とはとても思えず……それでいて本人の主張に疑いようはない。

童貞らしからぬ体だが、間違いなく童貞なのだ。

頭の天辺から爪先まで全部清らかだと思うと、たまらなく興奮した。

「牙王丸……っ」

恋しい想い人ではないのに、早く欲しいと思ってしまう。

褌に手をかけて一糸まとわぬ姿にすると、とんでもなく大きなものがそびえ立った。

ぶるんと飛びだして割れた腹を打つ陽物は、かつて見たこともないほど威丈高で重みがある。

直視するなり脚の間がうずいた。

自分が思っていたよりも節操がない体が、とろとろと濡れていく。陽物の先から淫蜜があふれ、双珠に向かって垂れていった。香油を塗り込められた後孔が、いやらしい収縮を繰り返す。

「翠綺……っ、翠綺……！」

ひどく熱っぽく名前を呼ばれた。

積年の想いが叶い、うれしくてしかたないような声だ。

おそらく媚薬香があってもなくても、牙王丸の声はよろこびでいっぱいだっただろう。

「牙王丸……すぐに、大丈夫だ……」

早く欲しいとはいいにくくて、大丈夫だと告げた。

重量感たっぷりの浅黒い肉棒を見ていると、勝手にごくりと喉が鳴る。

凶暴な見た目に反して、それはまだ誰の中にも入っていないのだ。

触れられてもいないし、吸われてもいない。

この手で、この舌で触れられるために守られて……清潔なままこれほど立派に育った。

その事実と向き合うと、ほおずりしたいほど愛しく思えた。

媚薬香のせいかもしれないが、そうではないかもしれない。

「翠綺……挿れるぞ」

片腕で上体を支えながら、牙王丸が身を寄せてくる。

うずく肉孔を早くつらぬかれたくて、翠綺は黙ってうなずいた。

同じベッドの上にいる冥王の視線を感じながらも、意識のほとんどすべてが牙王丸に向く。

この男のよさを、どうしてわからなかったのか――こんなに清らかで素晴らしい肉体が、目の前にあったのに、どうして見ようとしなかったのか、考えているうちにすぼまりを開かれた。

「く、ぁ……ッ」

冥王の指で十分にほぐされたところに、焼けた石の塊のような圧がかかる。

あまりの硬さに体がびっくりして、「硬い……っ、大きすぎるっ」と抗議した。

うれしい気持ちもあるくせに、つい責め口調になってしまったが、牙王丸は気にしていないようだった。浅く息をつきながら慎重に進み、「当然であろう」とつぶやく。

「……っ、あ、ぁ」

長年想い続けた其方をついに抱けるのだから、石のように硬くなるのも、とんでもなく大きくなるのも当然であろう――そういわれた気がした。

初めての快楽に牙王丸は余裕をなくし、すべてを口にすることはなかったが、おそらく間違いない。いいたい言葉が、右目から伝わってくる。

――まさか、こんなことになるなんて……。

黒い瞳に見つめられながら、じわじわとつらぬかれる。

肉の輪が強烈な圧によって千切られそうで、一瞬悲鳴を上げかけたが、辰神の矜持《きょうじ》でなんとかこらえた。牙王丸に対する意地ではなく、冥王への意地だ。

記録されていると思うと、ひどく乱れたところは見せられない。

「牙王丸……っ、ぁ！」

体と一緒に心もだいぶ開いてしまい、牙王丸の名を呼ぶ声が甘くなった。

惚れっぽいほうではないのに、今は牙王丸のことを好ましく思う。

誰よりも清潔で雄々《おお》しい体を、他の誰にも渡したくない気分だった。

「……あ、んぅ！」

「――ッ、ゥ……」

淫蜜と香油をまといながら、牙王丸が入ってくる。

初めてのくせに丁寧に、慎重に、少しずつ攻めてくる。

これで牙王丸は童貞ではなくなるわけだが、翠綺にとって自身は穢れではないので、自分しか知らないうちは牙王丸も穢れていないことになる。

童貞ではなくなっても、彼は潔癖な身のままだ。

――そう考えると……。

覆い被さってくる体のすべてが、愛しくなる。

この先も永遠に自分しか知らないままだったら……そう誓い、貞節を守り続けるならば、もう少し好きになってもいいと思った。

牙王丸の体にはその価値があるし、なんだか急に魅力的に見えてくる。眉が少々太いことも、睫毛が長くないことも、獣姿がしゅっとしていないことも、今はあまり気にならない。

今夜を最初で最後にしてしまうのは、もったいないと思った。

それはもう、考えたくない話になってきている。

「……は、ぁ……ゃ、ぁ！」

ずぶずぶと入ってくる陽物があまりにも硬くて、熱くて……また「硬いっ」「熱い」と抗議めいたいい方をしてしまった。

頭の中では、「いい、いい」と叫びながらも、口では歓喜を上手く表現できない。

やはり冥王の視線が気になる。それに……牙王丸への意地はそれほどなくても、照れはだいぶあるのだ。

向けられる想いを長年ずっと突っぱねてきたので、それを今ちょっと後悔していることを認めにくくて……なかなか「いい」とはいいにくい。

「翠綺……っ」

「ん、ふ、ぅ」

初めてだというのに、牙王丸はつながったまま唇をふさいできた。

腰をゆらしながら舌を絡め、合間に「翠綺」と何度も名前を呼ぶ。

熱っぽい吐息とともに、ひどく愛しげに呼ばれると……不意に百艶との交わりを思いだした。

百艶は閨事《ねやごと》に慣れていて所作が艶っぽく、如何にも上手かったが……こんなふうに熱を籠めて名前を呼んではこなかった。

一時の遊びにすぎなかったのだから当たり前だ。

こうして牙王丸に抱かれていると、寄せられる想いの差を実感する。

「翠綺……っ、翠綺……！」

「……や、ぁ、あぁ……！」

がむしゃらに激しく求められるというのは、なんて心地よいのだろう。

体重をかけて奥を突かれるたびに、かすれた嬌声《きょうせい》を上げてしまった。

冥王の視線は気になるものの……気持ちがよくて、どうしても声がもれてしまう。

「……ぁ、あ……！」

大きくて太くて、そしてとてつもなく硬い塊が、自分の中にある。

それがうれしくて……自分だけのものだと思うと誇らしくて、気づけば背中に手を回していた。

真っ直ぐにひたすら突いてくる猪らしい動作と勢いを、止めないようにすがりつく。

「く、ぁ……い、ぃ……おっき……ッ」

ついに「いい」といってしまい、はっとすると黒い目が円くなる。

翠綺のよろこびを知るなり見開かれた目に、この上ない歓喜の光が見えた。

途端に体内のものがふるえ、どくんと大きく脈打つ。

体の奥深いところを、熱いもので打たれた。

「……あ……っ」

中で出された経験がなかったので一瞬なにが起きたのかわからなかったが……もちろんそんな戸惑いは一瞬だけで、すぐにわかる。重い感じのする粘液を奥に放たれたのだと、わかりすぎるくらいわかった。

「──翠綺……！」

牙王丸──と、呼ぼうにも呼べないくらい、絶頂の表情にとらわれる。

欲しいものをようやく手に入れた男は、こういう顔をするものなのだと初めて知った。

目にも眉にも、眉間の皺にも、鼻にも唇にも、官能のよろこびがある。

肉体の快楽だけでは得られない幸福感が、目に見えてわかる。

ここが冥界であろうと冥王が見ていようと関係なく、牙王丸は今、桃源郷《とうげんきょう》にいるのだ。愛するよろこびに、身も心もふるわせている。

「翠綺……翠綺っ」

「……あ、つ、ぅ」
どくりとさらに大きく弾けた陽物から、濃厚な精を打ち込まれる。
体が奥から熱くなって、身悶えずにはいられなかった。
中に出されるのは、想像していたより刺激的だ。
陽物が届かない奥の奥まで、それはじゅわじゅわと侵攻してくる。
誰よりも其方が好きだ……と、其方を抱いて最高の気分だと、訴えてくる。
「く、ぁ……！」
愛される感覚を知ったばかりの翠綺は、余韻に浸る間もなく抱き上げられた。
萎える気配をまったく見せない陽物に、下からずんと突かれて舞い上がる。
初めてながらも欲望のおもむくままに、牙王丸は翠綺の体を抱いた。
座位になって腰を両手でつかみ、繰り返し突き上げてくる。
「……っ、ぁ……！」
頭から生えた龍の角が、官能に従って丸みを帯びた。
上下に激しく体をゆさぶられると、角を飾っていた赤い花がぽとぽとと落ちる。
翠綺の黒髪は乱れ、牙王丸の淡茶色の髪も乱れていた。
天地がわからなくなるような交わりが、ひどく卑猥《ひわい》な音を立てる。

粘膜と粘膜の間を滑る牙王丸の精液が、ふたりの間でかき回されるせいだ。

それは粘ついていて、青臭くて、たまらなく気分がよくなるにおいがする。

百合に似た媚薬香の香りよりも、ずっといい。いつまでも嗅いでいたい。体の芯を蕩《とろ》けさせる、格段に強い媚薬のようだ。

「――や、ぁ……もう……っ」

達く――という代わりに、牙王丸の目を見つめた。

負傷した左目は隠されていて、今は右目しか見えない。

右目も左目も、失わずに済んでよかったと心から思った。

牙王丸の目は牙王丸のものだが、自分のものでもある。

この目に愛しげに見つめられるよろこびを、知ったばかりだ。失うわけにはいかない。

「……ぅ、ぁ――！」

牙王丸の胸に向かって吐精しながら、中に欲しいと思った。

初めて知ったあの感覚――体の奥深いところで熱く愛を語られるような、生々しく忘れがたい感覚を、もう一度味わいたい。

「――翠綺……ッ」

望んだ通りに、牙王丸が中で弾ける。

一度目と変わらないくらい大きく、どっぷりと波が押し寄せてきた。

翠綺は飛びそうになる意識をかろうじてつかみ、牙王丸のうなじに触れてすがりつく。

脈動のすべてを感じたくて、そのままじっと、おとなしくしていた。

——俺の中で……脈打ってる……。

牙王丸の想いが、また伝わってくる。

愛されていると思うと、胸のあたりが熱くなった。

ふたりだけの時間ではないけれど、確かにひとつになっている。

この男を、誰にも譲りたくないと思った。

今のところまだ愛してはいない。それなりに好きなくらいの男にすぎない。でも、誰にも渡したくない。

この男は、自分以外の誰にも触れさせずに取っておきたい。

穢れのないまま、永遠に自分だけのものにしたい——。

五

空が白むことはなく、小鳥がチュンチュンと鳴くこともない世界で、不意に目を覚ました。

ここはどこかと混乱したりはしない。目覚める前から、体が瘴気を感じていた。

「……ぅ」

うなり声が出る。自分の声に間違いないが、いつもの朝とは違う気だるさがあった。

まぶたを上げながら牙王丸に抱かれたことを自覚し、ほぼ同時に冥王のことを思いだす。

とてつもなく位の高い鬼神の隣で、自分は眠ってしまったのだろうか。そうだ、今こうして目を覚ましたということは、眠っていたということだ。なんという不覚だろう――。

「あ……っ」

かっと目を剝くと、淡茶色の豊かな髪が視界を占めていた。

牙王丸が枕に肘をついてこちらを見下ろしている。横で眠っているならまだしも、しっかりと目を開けていた。一晩中寝顔を見つめていましたといわんばかりの、満足げな顔が憎らしい。

「――牙王丸っ」

がばりと飛び起きた翠綺は、即座に周囲を見回す。

余所の世界で童貞男に抱かれて無防備に眠ってしまったのはくやしいが、問題は冥王だ。

牙王丸にどう思われようとそれは私的な問題で、自分が情けない思いをするだけで済む。

一方で冥王に無礼を働いたら大火傷になりかねない。天界を巻き込むのだけは御免だった。

昨夜の行為で冥王は満足したのかどうか、急いで記憶を辿る。

しかしよくわからない。

確信を持つ前に気絶したのかと思うと、不甲斐ない自分に雷を落としたくなった。

「冥王様は⁉」

「別の部屋でお休みになられている。なにも心配しなくていい」

「――っ、本当か？」

「本当だ、冥王様は十分に満足されていた。起床後は冥王府でお役目があるため、別れの挨拶は無用とおっしゃっていた。百艶の目は帰り際に受け取れるよう手配してくださるそうだ」

あせっている相手を安心させようと、訊いていないことまで答える牙王丸を、翠綺はきつくにらみつける。

内心は大いに安堵しているが、それを態度に出すのが癪だった。

自分は不覚にも眠ってしまったのに、牙王丸は起きていて冥王と言葉を交わしたのだ。

ひとの寝顔を眺めながら幸福感に浸り、余裕をもって完璧な説明を用意していたのかと思うとくやしくてたまらない。

「俺は、いつから寝ていたんだ?」

「二度目に達したあと、そのまま気を失っていた」

「――は? 気を失ったわけじゃない、眠かっただけだ。お前、閨事で俺の気を失わせたとでもいいたいのか? 思い上がるなよ」

「そのようなことは……」

着ているだけで屈辱的な緋襦袢の下で、肩や肘がふるえる。動揺して体がおかしかった。

正直者の牙王丸がいうのだから、自分は本当に気を失ったのだろう。

そんな記憶がなくもないけれど、認めるのはやはり癪だ。

「翠綺、大丈夫か?」

牙王丸の手が肩に迫ってくる。

なでて労わるつもりなのがわかり、先んじてばしりとはたいた。

太子とはいえ亥神に、それも年下の幼馴染から弱者のように扱われるなど、辰神の皇子として耐えられない。

「一度寝たくらいで調子に乗るな。俺が達したのも眠ってしまったのも媚薬香のせいだ。お前が上手かったわけではないし、相手が誰であろうと同じこと。昨夜の件は、なにひとつとして俺の本意ではない」

声を低めてすごむと、牙王丸は傷ついたような顔をして手を引く。

あまり見たことがない表情だったので、いいすぎたとすぐに気づいた。

それ以前に発言の途中でいいすぎている自覚があったのだが、氷の上を滑るようにつるつると言葉が出てしまい、止められなかった。

「とにかく、冥王様がお怒りでなかったのはよかった。余所の世界で無防備に眠りこけるなど、武闘派としてあまりにも情けない」

本当に腹立たしいのは自分自身で、牙王丸に越度がないことくらいわかっている。

両目を差しだすといいだしたり、左目をえぐり取ったりしたのは許しがたいが、最終的に誰も目を失わずに済む結果になったのだから大団円といえるだろう。

――痴態を冥王に記録されたのは痛いが、穢されたわけではないし……。

償いは心身ともに苦痛であるべきという自己満足な考えはさておき、よい結果に終わったのは牙王丸のおかげだ。親しみはあっても穢れはない、そういう男だったからよかったのだ。

「お前は眠らなかったんだろう？　俺だけが情けなく眠りこけたんだ、そうだろう？」

「眠らなかったが、眠ったからといってそのように卑下することはない。受け入れる身は負担が大きいのだろう」

「つい先ほどまで童貞だったくせに、知ったような口をきくな」

またしても声を低め、眉を吊り上げてきつくいってしまう。

いつものことではあったが、牙王丸の反応は違っていた。

苦笑してさらりと流すのではなく、いちいちまともに受け止めて傷ついているように見える。

そして自分もまた、いつもは考えないことに気を取られていた。

相手が受ける痛手について、顔色をうかがいながら考えるなんてらしくない。

「……確かに、そういわれてみると生意気な発言だったな。気に障ったのなら謝る」

「謝ってくれなくて結構だが、俺が女顔だからといって姫のように扱うな。細くとも俺は辰神の皇子。先祖の前身は天翔ける龍だ。地を這う猪上がりの亥神とは神格からしてまったく違う」

吐きだす言葉が海胆《うに》や栗のように刺々しくて、自分の口まで痛くなりそうだった。

辰神は総じて気位が高く、我が強い。

王族と呼ばれる大神筋の辰神の中には、他の種族を同じ神だと思っていない者もいる。

亥の太子を見下す翠綺の発言は辰神の皇子としては普通だったが、普通でありたいと思ったことなど一度もない。よい意味で破天荒《はてんこう》でありたいのに、口が愚かで……よくいる高慢で意地悪な辰神そのものになってしまう。

「お前、目は大丈夫なのか？　痛みは？」

一度出した言葉を引っ込めることはできず、せめてとばかり気遣いを見せてみる。

牙王丸は瞬時に表情を変え、「ああ、だいぶよくなった。痛みもほとんどない」と答えた。

傷ついたような顔が頭に焼きついて離れないが、今はうれしそうだ。

翠綺と一緒にいるだけで、話しかけられるだけで……目が合うだけでうれしくて幸せそうな、いつもの牙王丸に戻っている。

「いっておくが、俺はお前の言動に腹を立てているんだからな。なんだって冥王様の前で両目を捧げるなんていったんだ。一度は本気にされたんだぞ。考えなしに目をえぐるし、俺は……」

安心したところで早速文句をいうものの、最後は言葉に詰まってしまった。

俺は……の先をどう続けようとしたのか、自分の考えがわからなくなる。

「とにかく俺は怒っている」とまとめてみるものの、怒りとは違う感情があった。

怒りでもあるけれど、どちらかといえば痛みに近い。生皮を無理やりはがされるような激痛が胸の奥にあって、「あんなことは二度とやるな」と声を大にしていいたくなる。

「そうか……気が合うな、実は私も怒っている」

「……は？」

「地下牢に毎日会いにいっていた私に、其方はなにも相談してくれなかった」

「体がにぶらないよう手合わせしていただけだろう。相談などする必要性がどこにある」

「そういう考えが悲しく、腹立たしいのだ。密かに冥王様と文のやりとりをしていたのだろう？　誰にも相談せず、無茶な交換条件を勝手に呑んで地上に行く機会を待った。そんな重要なことを、毎日会っていても一言も話してくれなかった」

「だから……お前に話す必要がどこにあるんだ？　お前は数多いる友のひとりにすぎない。一度寝たくらいで恋人にでもなったつもりか？　何度でもいうが、昨夜のことは本意ではない」

「翠綺……」

「童貞だったお前からすれば特別な一夜なんだろうが、ひとつ年上で経験豊富な俺からしたら、星の数ほどある夜のひとつにすぎない。あくまでも百艶の目を取り返すためにやったことだ。調子に乗るのもいい加減にしろ」

ぴしゃりというと、なんとも形容しがたい暗い顔をされる。

童貞だった昨日までの牙王丸と、童貞を捨てた今朝の牙王丸は別人らしい。

「私が怒るのはお門違いだったな」と重々しくつぶやいて、目を合わせずにうなだれた。

「そうだとも」

突き放すようにいいながらも、体は逆のことをしてしまう。

翠綺は牙王丸の袿の胸倉をつかみ、ぐわりと引き寄せた。

「もう二度と余計な真似をするな。何度もいっている通り、俺と百艶の問題にお前は関係ないし、ずかずか踏み込まれるのは不愉快だ。そういうことをしていいのは俺の新しい恋人だけ……容姿、性格、能力など、すべてにおいて百艶よりもすぐれた恋人だけだ。図体は大きくともひよっこで、愚直なお前が出る幕ではない」

ひよっことはなんだろうか、愚直とはなんだろうか——言葉は思考の先を行くものの、自分がなにをいっているのかわからなくなる。

百艶百艶と連呼する一方で、百艶の輪郭《りんかく》はすっかりぼやけていた。

見目麗しく所作も雅で、華のある美しい雄神だった百艶は、もう頭の中にすらいない。

百艶の左目を返してもらえると決まった今、執念の炎は音もなく消えて、ほんのわずかばかりくすぶっているだけだ。

そのくすぶりすらも、百艶に目を手渡せば綺麗に消えるだろう。

思い返せば、どうして百艶に惚れていたのか不思議でしかたがない。

人間の恋人を作るまでは、ひどく浮ついた男だったのだ。性別にかかわらず美しい者を見るとひょいとさらって閨に連れ込み、さっさと抱いて次の日には忘れてしまうような……貴族的で、無節操かつ薄情な男だった。

そんな男と比べて、ひよっこだの愚直だのと、清く正しく生きてきた牙王丸を侮辱《ぶじょく》するようなことをいう自分が、とてもいやだ。

訂正することはおろか軌道修正すら上手くできない性格も、今はとてもいやだと思う。

「――帰るぞ」

不機嫌そのものの声で、それしかいえなかった。

牙王丸に背を向け、彼のことなど一切考えていない振りをしてベッドから下りる。

いつの間にか運び込まれていた袿や直衣を手に取り、黙々と着替えた。


小型種の鬼から大型種の鬼に引き合わされ、闇回廊を抜ける。

黄泉平坂は長いので牙王丸は猪になり、翠綺は行きと同じようにまたがった。

坂を駆け上って地上に戻る寸前、牙王丸は再び神姿に戻る。

地上の様子を見てから出るというわけにはいかないので、人間に見られる可能性を考え、やや緊張しながら光に向かった。

ふたりそろって気泡のように浮上し、翠綺が書状を使った公園にすとんと着地する。

『湿地帯の植物』と書かれた札がある地帯だ。地面はすぐに閉ざされる。

東の空が白み始めていて、日の出が迫っていた。

当然ながら颯の姿はない。

夜明け前なので空気が綺麗で清浄値が高いが、神の気配も人の気配もなかった。

早起きのスズメがチュンチュンピチピチと鳴いている。冥界の朝とは大違いに朝らしい。

「牙王丸、すぐに御多神村に戻るぞ」

天を仰いだ翠綺は、冥王城を出て以来まったく見ていなかった牙王丸の顔を見た。

大神に神力を奪われている今の自分が空を飛ぶには、牙王丸に頼るしかない。

話しかける理由ができたことで、どうにか自然に声をかけることができた。

今度こそ意地悪をいわないよう肝に銘じ、ぎごちなくならないよう「自然に、自然に」と頭で唱えながら距離を詰める。

一緒にいるのが颯だったら、「始発のバスに乗って移動しましょう」などといいかねないが、牙王丸は当然そんなことはいわない。巨大猪の姿で陸路を進むわけもなく、これはとても自然な流れといえる。

「なにをもたもたしている。早く抱き上げろ」

結局きつい口調になってしまったが、翠綺は思いきって両手を広げた。

牙王丸は右目だけをぎょっと剝くと、明らかに戸惑いを見せる。

暗い顔ではなく、どちらかといえばうれしげな表情だ。

「――っ、抱き上げてもよいのか？　本当に？」と訊いてくる。若干声がふるえていた。

「今は飛べないのだから、そうするしかなかろう。必要最小限なら触れて構わん」

「必要、最小限か……」

「早くしろ、どんくさいやつだな」

翠綺はあえていらだちを示し、膝を蹴る真似をする。

頼み事をしておいて居丈高な自分をおかしいと思わないわけではなかったが、昨夜の出来事をきっかけに変わった態度を取りたくなかった。

あんなことは慣れっこで、自分と牙王丸の関係になんの変化も及ぼさないと主張したい。

牙王丸は幸せそうな顔をしたり傷ついた顔をしたり、情交の前とは違う態度を見せてきたが、自分は変わりたくなかった。変わりたくないと努めている時点で変わり始めているのだろうが、その事実を認めるのはくやしい。なにより、恥ずかしい。

一晩抱かれただけでころりと見る目を変え、信奉者のひとりにすぎなかった年下の幼馴染を、よく見ると好い男だな……などと思いたくないのだ。すでに思っているが、もっと時間をかけて、徐々に関係が変化したことにしたい。

「膝裏と背中に触れるぞ。怒るなよ」

下手にさわると技をかけられるとでも思っているのか、牙王丸は慎重に身をかがめる。

宣言通り膝裏と背中に触れられ、ふわりと抱き上げられた。

ほとんど同時に、牙王丸の浅沓が地面から離れる。
百艶や颯がいる御多神村に行くため、ふたりは夜明けの空に飛び立った。
N県は似たような山々に囲まれているが、神聖な場所は神を呼び込むものだ。
神山『神おもね山』の方向は、見るまでもなく感じられる。
人間の目に留まらないことを願いながら雲をつらぬき、雲海《うんかい》を下に見て進んだ。
直衣の袖がはためいて、空を飛ぶ心地よさに気持ちがほぐれる。
いろいろと予定外のことはあったが、ひとまずよかったと思えた。
なにしろ懐《ふところ》には、百艶の目があるのだ。最大の目的は果たすことができた。
「翠綺、百艶の目を落とさないよう気をつけろ」
「——誰に向かっていっている」
注意をされて憮然と返したが、本当は少し浮かれている。
なにも失わずに百艶の目を取り戻すことができて、うれしくないはずがない。
それに牙王丸の腕は実に太くて、胸は弾力があって頼もしい。
たまにはこうして、抱き上げられて飛ぶのも悪くないと思った。
「神山のいただきが見えてきたぞ」
牙王丸の肩に手を回しながら、雲海から突き出た山頂を指差す。

長かった夜は終わったのだ。この数ヵ月間、叶えたかったことを叶えられる。

「昨日は颯とバスで移動したのだ」

「ほう、それは初耳だな」

「寝すごしたせいで飛んでいくわけにいかなかった」

「颯にとってはよかったのではないか？」

「そうだな」

空を飛び、風を受けながら、ようやく自然に笑うことができた。

大神には残念な報告をしなければならないが、大した罰は受けないだろう。

ここからまた時間をかけてゆっくりと、恋する心を育てていくことになるやもしれない。

それはすでに芽吹いていて、牙王丸に触れる身を熱くしていた。

六

御多神村の小山の頂上には、建立中の百艶の神社がある。

そのさらに奥には、百艶と北原瞬が住む新しい邸宅が建っていて、ふたりはそこで仲睦まじく暮らしていた。

百艶の左目は義眼だったが、もう慣れて不自由はなかったところに突然……弟の颯や幼馴染の翠綺や牙王丸が現れて、宝石箱に入った左目を渡されたのだからおどろかないわけがない。

「颯から聞いてはいたが……まさか本当に冥界に行っていたとは……いったいどうやって返してもらったのだ？　いくら辰神の皇子とはいえ、すんなり返してはもらえなかっただろう。なにか無理をしたのではないか？」

ここは玄関先だったが、百艶は早朝から直衣姿できちんとしており、相変わらず見目麗しい。扇を持っているところも昔のままで、総菜屋で働いているときとは大違いに雅だった。

こんな姿を見ると天界にいたころのことを思いださないわけではなかったが、翠綺は冷静に「無理難題を吹っかけられることもなく、すんなり返していただけた」と答えた。

嘘はよくないが、終わってみればなにも失っていないのだから事実でもある。

失ったのは牙王丸の童貞くらいだ。えぐってしまった左目の包帯は事前に取り外していた。まだ神経が繋がりきらず明瞭に見えないらしいが、外見的には何事もなかったかのようにとりつくろえている。

「あの……っ、百艶様の左目、元に戻るんですか？」

一夜のうちに颯とすっかり打ち解けた様子の瞬が、颯の隣で声をふるわせた。

瞬の記憶は一部封じられていて、百艶が左目を失った経緯をわかっていないはずだが、義眼であることはもちろん知っている。宝石箱に収められた百艶の目を食い入るように見て、誰よりもおどろき、歓喜しているのは瞬だった。

「ああ、人間とは違うからな。眼窩に収めて何日かすれば元通りになるはずだ」

翠綺が明言するなり、瞬は目をうるませてぽろぽろと涙粒をこぼす。

颯が懐紙《かいし》を取りだして手渡すと、その場に泣き崩れてしまった。

成人していながらも童子のような見た目で、黒い仔猫の趣がある瞬を、白虎の神である百艶や颯が慰める姿は世にも美しい。

当の百艶はあきらめていた目を返されて戸惑っていたが、瞬が泣くほどよろこぶならよかったと、受け入れる気になったようだった。

「翠綺……牙王丸も、ありがとう。なんと礼をいってよいか、言葉が見つからない」

「礼には及ばん、今後は無茶をしないことだな」

「同じく。私は乗りものとして付き添っただけだ」

冥界であったことはもちろん、天界で数ヵ月間幽閉されていたこともいいたくない翠綺に倣《なら》い、牙王丸は余計なことをなにもいわなかった。

百艶は詳しい話を聞きたい気持ちと、瞬に聞かせたくない気持ちの間でゆれているようで……じっと視線を送ってきたかと思えば、「すまぬ」と申し訳なさそうにもらす。

「元々、俺がやりすぎたのだ」

悪かったな……と続けたかったがそこまではいえず、翠綺は小さな颯に目を向けた。

ぜひ家の中にと瞬に誘われても断り、玄関先で話を済ませて帰ると決めていた。

颯はもっとここにいたい様子だったが、「颯、帰るぞ」と淡々と声をかける。

「はい、わかりました」

寅神一族が誇る聖童は今日も大変よい子で……わがままをいうこともふてくされることもなく、百艶と瞬の抱擁《ほうよう》を受けた。

泣きそうな顔になりかけた瞬間もあったが、「お許しが出たら、また会いにきます」といって、泣いていた瞬をいっそう泣かせた。

「あ、そうだ……これ、お土産として置いていきますね」

別れを惜《お》しむ瞬に、颯は懐から出した巾着を渡す。

ほどこされた刺繍の文字を「和太太備？」と瞬が読むと、百艶がかっと目を見開いた。

「なんだ、昨夜からなんとなくいい香りがすると思ったら、それを隠していたのか」

「はい。母上から預かった門外不ちゅ……不出の和太太備です」

そんなものを新婚家庭に置いていったら大変なことになるのでは……と、いささか心配になる翠綺だったが、もちろん止めはしなかった。

瞬は和太太備とマタタビが同一のものだとわかっていないのか、わかっていてもそれによって百艶がどうなるか想像できないのか——単によいにおいの香袋と受け止めたらしい。

「ほんと、いいにおい。ありがとう颯くん」と平和な顔でほほ笑んでいる。

翠綺は念のため百艶と瞬が睦み合う光景を思い浮かべてみたが、心は実に穏やかだった。

死んだら冥界に行って鬼神になるという契約は変わらないものの、ふたりは老いるのが遅く、死しても一緒にいられる。

自分がやってしまったことはもう取り返しがつかないが、せめて今の幸福が長く続くよう、天界から運気を送るしかないと思った。

「——では帰るとしよう……牙王丸、神社まで頼む」

翠綺はここまでの道のりと同じように、牙王丸に運ばれることにする。

恋人になると決まったわけではないので、頼って密着している姿をさらすのは抵抗があったが、自分に新しい恋人候補のような存在がいたほうが、百艶と瞬にとってよい気がしたからだ。

ありがとう――と手を振るふたりと別れ、牙王丸と颯とともに朝靄を翔けた。

七

天界に戻って十日が経ち、翠綺は連日訪ねてくる牙王丸と顔を合わせずにすごしていた。

恋仲でもないのに、あんな形で情を交わしてしまったから気まずい……というのもあったが、それが一番の理由ではない。

冥界に行って瘴気に当たりすぎたのか、帰還してから高熱が続いて下がらないのだ。

千支神は人界や冥界の穢れや病原菌を寄せつけないが、完全無敵というわけではない。悪いものに触れて抗えば抗った分だけ疲労したり、精神的な落ち込みを感じて臥《ふ》せったりすることもある。……とはいえ、同じく冥界に行った牙王丸がぴんぴんしていて公務に戻っていると聞くと、弱ってやつれた姿など見せられなかった。

「——翠綺、母上から見舞いの品を預かってきた。開けるぞ」

辰の都の自邸で臥せっていた翠綺は、同腹の兄の来訪に顔をしかめる。

ひとの屋敷に勝手に上がり込むなといいたい。寝所の襖《ふすま》を開けるなともいいたい。

けれども「母上から」といわれてしまうと追い払いようがなかった。母とは不仲だが、なにも縁を切ったわけではない。天界では母親が倒れたときに息子は必ず見舞わなければならず、逆もしかりだった。

「兄上……どうも、御足労おかけいたしました」

「仮病かと思えば本当にやつれて、熱っぽい顔だな……まるで林檎《りんご》だ。角はくたびれているし」

扇を手に寝所に入ってきた圭夕は、帳をめくり、御張台の中まで無遠慮に入ってきた。

浜床《はまゆか》に臥せっている翠綺を見て、おどろいたように目をしばたたかせる。

翠綺は元来とても丈夫で、圭夕よりも細身だが剛腕の持ち主でもあるので、仮病に違いないと本気で思っていたのだろう。

さすがに林檎は大袈裟だが、桃くらいに色づいているのは事実だった。もう十日も熱が下がらない。角は萎れて覇気がなく、体はやせたのに重く感じられ、起き上がるのも億劫なくらいだ。

「母上から預かった見舞いの品は女官に渡しておいた。新栗の最中《もなか》と羊羹《ようかん》だ」

「――それはどうも……よろこんでいたと、お伝えください。実際、栗は好きですよ」

「母上は其方の好きなものを把握しているのだ。顔を合わせると刺々しくなりがちだが、臥せているると聞けば心配する程度には其方のことを考えている」

「はあ……それは、ありがたいことですね」

臥せている姿など誰にも見せたくない翠綺は、上体を起こして乱れた髪をまとめる。

こんなことは初めてで、弱っている自分に戸惑っていた。

回復が遅いのは神力を奪われていることにあると思い、父である大神に神力を返してほしいと訴えたいところだったが――それはできない事情がある。

百艶を呼び戻すために人界に遣わされた翠綺が、これ幸いとばかりに冥界に行き冥王に会ったことを、大神を始めとする中央府のお偉方が問題視していた。

冥王の蒐集品になっていた百艶の左目を取り戻したことで、一定の評価は得られたものの……無断で冥界に行った罪はまぬかれない。翠綺の嘆願により牙王丸の冥界行きは不問で済んだが、翠綺自身はさらに二ヵ月間の幽閉をいい渡されている。

体調不良の今は執行猶予《しっこうゆうよ》中。自宅謹慎の身というわけだ。

当然、現時点で神力を返してほしいとはいえない。

生来の力で満ち溢《あふ》れる自分に戻れるのは、刑期が明けてからだ。

「女官に聞いたが、亥神の太子が連日見舞いにきているそうだな。其方は言づけすらせずに、門前払いしているとか」

「そんなおしゃべりな女官がいるとは、許せませんね、暇を与えます。その女官の名は?」

「なにゆえ会ってやらぬのだ? あれは昔から其方の信奉者で、其方も可愛がっていただろう。此度の一件も必死で庇《かば》ったと聞いている」

圭夕は御張台の端に座り、ぱらりと扇を開いて口元を隠す。

「庇うもなにも、牙王丸は冥界行きの穴にうっかり落ちただけですから……俺が地面に禁城通行手形を投げたとき、すぐ横にいた牙王丸を巻き込んでしまったんです。しかたなく乗りものということにして冥王様の御前に……」

翠綺は大神に嘆願したときと同じ説明をして、熱を帯びたため息をつく。

牙王丸は馬鹿正直に「土を操る亥神の力を使い、追いかけました」と報告してしまったのだが、元より真面目で覚えが目出度いのが幸いした。

誰も翠綺の言葉を信じてはいないだろうが、表向きは翠綺の報告が採用され、牙王丸の発言はなかったことにされたのだ。左目の怪我に関しても見た目ではわからない程度になっていたので、特に追及されていない。もちろん冥王の寝所でのことは秘密の話だ。

牙王丸が罪に問われ、亥神の太子の座を失うようなことになったら角が砕けそうだったので、翠綺としては現状に満足している。あとは体調さえ戻ればそれでいい。

二ヵ月間、地下牢に閉じこもり、書を読んだり体を鍛えたりしながらすごせば済む話だ。

怠《だる》いなとは思うが、耐えられないことはなにもない。

「冥界に行って冥王様にお会いしたのは同じでも、亥神の太子はどこも悪くないと聞く」

「……はあ、俺のほうが脆弱《ぜいじゃく》だといいたいんですか？」

「いや、そう悪く取らなくともよい。我らと亥神との、聖性の違いを感じていたところだ」

「兄上は辰神であることをなによりも誇っていますからね」

「其方とて同じであろう。やはり我らは聖性が高いのだ。ゆえに瘴気の影響を強く受ける」

「まあ、それは一応あるんでしょうね……神力を奪われていなければ、冥界に行こうと冥王様にお会いしようと、どうということもなかったかもしれませんが、今となってはわかりません」

理由がなんであれ、自分のほうが痛手を受けているのは事実で、神力にしても肉弾戦にしても牙王丸に負けるはずがない翠綺としては面白くなかった。

牙王丸が香りのよい野の花を持って毎日見舞いにくるので、悪いなという思いはある。会いたいなという気持ちも、それなりに募ってきている。

だがしかし、万全ではない今の自分を見せたくないのだ。

冥界での一夜がなければただの幼馴染としてさほど気にせず会えたかもしれないが、見苦しい姿を見せたくないと思う程度には、牙王丸のことを意識してしまっている。

美しいと、誰よりもほめてくれる男だからいやなのだ。

角まで力なく萎れかけた姿など、絶対に見せたくない。

女官を通じて花と文は受け取っているが、筆を執る気力もなく、なにも返していなかった。

「ここだけの話にしておくが、其方……冥王様となにかあったわけではなかろうな？」

「――なにかとは、どういう意味ですか？」

「間違いはなかったのかと訊いているのだ」

「間違いというと？」

「そのようにはぐらかすな、わからぬはずがないであろう」

兄がなにをいいたいのか理解していながら、翠綺は首をかしげて見せる。

翠綺が飛びぬけた色香を持っていることもあり、同じ疑問を抱いた者は大勢いるようだったが、誰も訊いてはこなかった。辰神の皇子が冥王に穢されたとなれば大事で、当然なにもなかったと思いたいのだ。怖くて訊けないというのが正解かもしれない。

冥王よりも高い地位にある大神ですら、そこには触れてこなかった。

「当たり前のことですが、なにもありませんから御心配なく」

「……本当に、なんの代償も払わずに百艶の目を返してもらえたのか？」

「お酒の相手くらいはしましたよ。鬼たちの野蛮な踊りを見せられましたし、それなりに苦痛な時間ではありましたが……さすがの冥王様も大神の皇子に手を出したりはしません」

寸前までは行きましたが――などとはもちろん口にせず、翠綺は冥界で着物一枚脱いでいないことにして押し通す。

嘘ではないかと疑うような目でじっと見られたが、兄の視線にひるむことはなかった。

たとえ誰になにをいわれても、どれほど疑われても、嘘をつらぬき通す覚悟でいる。

決して本当のことを知られるわけにはいかないのだ。自分だけならともかく、牙王丸が冥王に肌を見せ、翠綺と交わったうえにその様を冥王に記録されたとなると、「巻き込まれて穴に落ち、乗りものとして冥王城に行っただけ」という話では済まなくなってしまう。

「なにもなかったのならよいのだ。母上が妙なことをいいだすので少し心配したが……さすがの其方も、冥王様と交わるほど浅慮《せんりょ》ではなかったか。よかったよかった、これで一安心だ」

「――母上が妙なことを？」

扇の向こうでふふと声を漏らす圭夕は、思いだし笑いをしているようだった。

兄ばかり可愛がり、わがままで高飛車で、すぐ感情的になる母親がなにをいいだしたのか少し気になった翠綺だったが、問いかけるなり興味を失う。どうせまた、母と兄にとっては愉快でも、自分にとってはまったく面白くない話をしていたのだろう。

「其方が高熱続きで寝込んでいるのは、冥王様と交わって子を宿したからではないかと、そんな突拍子もないことをいっていたのだ」

「……え？」

頭の片隅にもなかったことを笑い話として聞かされ、翠綺は布団の中で居竦まる。

するどい矢で、とすんと眉間を打たれた心地だった。衝撃を覚えたときにはもう死んでいる憐れな獲物のように、頭の後ろから魂が抜けそうになる。

――子を宿す？　子を？

天界に戻ってすぐに始まった体調不良。続く高熱、吐き気と火照りと倦怠感……どれもこれも、神力がない状態で冥界に行ったせいだと思っていた。冥王に近づきすぎた影響もあるのかもしれないと、その程度に考えていた。子を宿している可能性など、露ほども頭になかった。

「辰の雌神は悠々と子を産めるが、雄神の場合は悪阻《つわり》がひどくて難儀だそうだ。私は子を産む気などないのでよく知らぬし、考えてもみなかったが……母上は其方の不調を鬼の霍乱《かくらん》だといって、いやな予感がするとかなんとか。よもや冥王様との間に間違いがあったのではないかと、いたく心配しておられた」

「……や、まさか……そんなことは絶対ないので、御安心くださいと……お伝えください」

「うむ。無防備な状態で冥界に行き、瘴気に中《あ》てられた間抜けにすぎないと伝えておこう」

「――はは……」

意地悪くいう兄にいつものように苦く笑って、翠綺は自身の手の在り処を確認する。

できることなら今すぐに腹を……下腹部あたりをさわってみたかったが、兄が帰るまで下手な動きをしないよう自制した。冗談半分でいわれているうちはいいが、本気で疑われたらたまったものではない。

「そもそも母上は心配しすぎなのだ。雄神の其方が冥王様と交わったところで、そう簡単に子が出来るはずがないというのに。其方が心から望んだうえで子種を受けたとなれば別だが、初めて会う冥王様を相手にそのようなこと……望む道理がないではないか」

兄の言葉は静かな滝のように降ってきて、翠綺は作り笑いもできなくなる。

頭をぼうっとさせる熱も、今はすっかり冷めた気がした。否応なく思いだす冥界での一夜に、自分がなにをしたか、なにを望んだか——媚薬香の香りとともに記憶が蘇る。

牙王丸の子を、欲しいなどとは思わなかった。そんなことは考えもしなかった。

けれども彼の陽物を好ましく受け入れ、濃く熱い精をたっぷり注いでほしいと願った。

恋していたわけでも愛していたわけでもなく、快楽のままに、中に欲しいと思ってしまった。

遊び慣れていた百艶は、決して中に放つような真似はしなかったが、それはいざというときに責任を取る気がないからだ。牙王丸は幼いころから翠綺を嫁にしたいといっていて、翠綺の体に子種を注ぐことに抵抗がなかった。

性的に経験がなく未熟だったから……とは思わない。

牙王丸には、如何なる責任も負う気があるのだろう。

——もしも……もしも俺が孕《はら》んでいるなら……子は、間違いなく牙王丸の子……亥の太子の子。

そうなったら俺は、牙王丸に嫁ぎ、夫と子を守ることに……。

一度は引いたかに思えた熱が、かあっと一気に戻ってくる。

未確認でまったく見当違いかもしれないが、生まれて初めて母になることを意識した。

亥神や寅神の雄は子を産めないが、辰神は雄でも子を産める。そういった特別な能力を秘めた、希少な種だとわかっていたものの……思えばこれまでは漠然としていて、口では「子をたくさん産む」といっていても、妊娠や出産を具体的に考えてはいなかった。

「翠綺、顔が真っ赤だぞ。熱が上がったのか？」

「……っ、あ……そうですか？　そうなのかも、しれません……」

「其方にしては歯切れが悪いな……本当に具合がよくないようだ、早々に去るとしよう。母上に言づてはあるか？」

「──ぁ、はい。では、『思いがけない贈り物をありがとうございました』とお伝えください」

「ん？　思いがけない？　最中と羊羹がそんなに意外だったか？」

「……はい、まあ、そういうことです」

自分の腹に子がいるのかいないのか、それはまだわからないものの……臥していると聞いて妊娠を疑うあたり、さすがは雌神と感心せずにはいられなかった。なにしろ不仲でろくな想い出がないのだが、今回ばかりは、結果がどうあれ思いつきに感謝したい。

──子が……本当に子が、出来ていたら……。

寝所にひとりになったにもかかわらず、腹の子と一緒にすごしている気がして胸が躍った。

牙王丸からは週に一度は求婚されているのだから、子が出来たといえば大よろこびするだろう。寅神の太子ではなくなった百艶と結婚しろといわれていたくらいなので、亥神の太子との結婚を反対されるおそれはない。ましてやすでに子が出来ているとなれば、祝福されるばかりで障害はないはずだ。

冥界に行った罪で二ヵ月間の幽閉が決まっているのも、悪阻がひどく要安静の時期と考えれば問題ない。元よりほとんど不自由がない獄中生活だ。おとなしくしているにはちょうどいい。

――困った……なんの問題もないぞ。なやむ理由も、拒む理由も……なにもない。

おそるおそる腹に両手を持っていき、息を潜めてみる。

胎動《たいどう》を感じるなど、なにかしら普段と違う感覚を得られるのでは……と思ったが、特になにも感じなかった。

その代わり、自分の願望に気づいてしまう。

冥界ですごしたあの夜までは……牙王丸の子が欲しいなどとはまったく思っていなかったし、結婚どころか恋仲になる気すらなかったが、今の自分はもう違う。

腹に子がいたらいいなと思ってしまっているのだ。

しかも辰神ではなく亥神が誕生したらいいのにとまで思っている。

干支神は異種交配でも雑種にはならないので、生まれる子は辰神か亥神のどちらかだ。

上位種である辰神が生まれる可能性が高いが、できれば亥神の皇子が生まれたらいいのに……などと、牙王丸にとって都合のよい結果を望んでいる。

――なぜだ、なぜそう思う……あれを、よろこばせたいのか？

つい最近まで、男として見ていなかったのに……なぜだか今は、うれしそうな顔が見たい。体調不良を理由に門前払いを続けているので、牙王丸はさぞや心配しているだろう。御張台の中には連日届けられる野の花があり、小さな花と葉が香っている。

――いや、駄目だ……そんなに急に、ころりと態度を変えるわけにはいかない。そもそも……一度抱かれたくらいで簡単に落ちる安い男など、好きではないはず。

牙王丸と今後どう接するべきか、考えるだけで目が回りそうだった。

なやむ理由も拒む理由もなにもないと思ったが、なやむ理由は大ありだ。

体に続いて心まで簡単に手に入ってしまったら、こんなものかと飽きるかもしれない。

牙王丸は心清い男だと思っているが、手に入らないものを追いかけたくなるのが男の性といえなくもない。現に自分も、いつでも手に入りそうな牙王丸には目を向けず、振り向かない百艶のことばかり追いかけていたのだ。

「困った……まずは、なにをすべきか……」

相変わらず頭は熱っぽく、気づけば布団の上にぱたりと横たわっていた。

薬師《くすし》を呼び、子が出来ているかどうかをはっきりさせるべきだろうか。それより先に牙王丸に会って自分の気持ちを確かめたいが、明日まで待っていられない気分だ。

そのくせ体は怠く、重たく、吐くものなどないのに吐きそうで……もうすっかり悪阻のひどい妊婦の気分になっている。

「ああ……困った……どうすればよいのだ……」

翠綺は仰向けに寝たまま腹をなで、ゆっくりと息をつく。

神力を失った身で冥界に行ったため、瘴気に中てられて体調を崩しているだけという可能性も当然あるわけだが——頭の中は小春日和で、子の名前を考え始めていた。

八

圭夕が訪ねてきた翌日、翠綺は牙王丸が持ってくる花と文を待っていた。

連日、昼までには届いていたのだが、今日は日が暮れても届かない。

昨日の文には、明日また来るとも会いたいとも書いてあったのに、遣いも寄越《よこ》さず来ないとは呆れたものだと、翠綺は少々怒っていた。

腹に子がいるかいないかをはっきりさせるべきだと思いつつもいささか怖くて――つまりは、子がいないという結果が出るのがいやで、薬師は呼んでいない。

これまで飲んでいた薬湯も子に影響があったらと思うと怖くなり、飲まずにすごした。

おかげでいっそう熱が上がり、頭が痛く、牙王丸が来ないことに腹が立つ。

――まさか十日で飽きたのか？　子のことはさておき、牙王丸は俺を抱いて情交による快楽を初めて知った。常識的に考えれば、間を空けずにまた抱きたいと思うはず。俺にはそう思わせる価値がある……はず。万難《ばんなん》を排《はい》してでも、十一日目も見舞いに来るはず……。

いやしかし、文には艶っぽいことはなにも書いていなかった。

あの夜……よくなかったはずはないが、夢中になってそれしか考えられなくなるほどよかったわけではないのだろうか。そうだとしたら屈辱的だ。一応こちらは経験者なのだから。

――媚薬香の影響もあったのだし、間違いなくよかったはずだ。だがあれはやさしいからな、俺の不調を知って、艶っぽいことはあえて求めてこないのかもしれない。雄として目覚めた体がうずいてたまらず、後腐れのない遊び女を抱いてまぎらわせているということも……。

それはないだろうと思いつつ、童貞を捨てた途端に態度が変わる男がいることは知っていた。むしろ変わらない男のほうが少ないくらいだ。女を知って変わっていく幼馴染や部下を幾度も見てきた。

――昔からあれほど好きだ好きだといっていたのだから、そこは変わらないとしても……もう以前の牙王丸ではないのかもしれない。貴公子の嗜《たしな》みとして女を……あるいは美しい男を抱いて、俺の代わりにしているという可能性も……。

薄暗い御張台の中で、翠綺は小さく丸まって腹を押さえる。

体調不良だと思うとたまらないが、悪阻だと思うと我慢できる苦痛にひとりで耐えた。

最中も羊羹も喉を通らず、葛湯《くずゆ》しか摂《と》っていないのに吐き気が込み上げてくる。

胃をぎゅうぎゅうと下から押されているようで、苦しくて何度も悶えた。

大神様、どうか神力をいったんお返しください――と筆を執りたくなるくらい、無力で弱った身がつらい。

片手を角に持っていくと、かさかさと乾いて萎れているのがわかった。

自慢の黒髪も毛先に艶がなく、鏡を見るのがおそろしいくらい様変わりしている気がする。

——牙王丸……自ら来ると書いた以上、きちんと約束を守れ！　今日中に来なければ許さん。顔を合わせる気はないが……門前まで来ないと許さん。来ないならもう二度と会ってやらぬし、子が産まれても……会わせてやらぬぞ……。

うんうんとうなりながら腹をさすっていると、「翠綺」と名を呼ばれる。

自分のうめき声が御張台の中で反響したのだろうと、まず疑った。

けれどもすぐにもう一度名を呼ばれる。牙王丸の声だった。

「……っ、牙王丸？」

御張台を覆う帳《とばり》をへだてて、「うむ、私だ」と返ってくる。

翠綺の認識では牙王丸は常に堂々としている男だが、今の口調は違っていた。ばつが悪そうな声で、「無理に忍んで申し訳ない」と謝られる。

「——忍んで、来たのか？」

「何度来ても会えぬゆえ、夜闇にまぎれ……人の姿になって忍んだ。勝手な話だが、どうか誰も罰することのないよう、頼む」

なんとも深刻にいわれて、翠綺はおどろきを通り越して笑いそうになる。

今日中に来なければ許さん――と自分が思っていたとき、牙王丸はすでに敷地内にいたのだ。

光輝を隠すために人の姿になり、屋敷を囲う堀や壁を飛び越えてきたのだろう。

彼が本気になったら、衛兵や女官が気づかなくてもしかたがない。

「瘴気に中てられ、やつれた姿を、誰にも見せたくないようだと聞いている」

「――どうやらうちには、余計なことをしゃべりすぎる女官がいるようだ」

「余計なことではない。誰もが其方のことを心配しているのだ。普段は丈夫な其方が……私とは違って瘴気に中てられてしまったのは、聖性の高さゆえだろう。神力さえ戻ればよくなりそうなものなのにと思うと……くちおしい、もどかしい」

「罰当たりことをいうな。大神様がお決めになった以上、批判などしてはならぬ」

「わかっているが、代わってやれないことがつらい」

帳の向こうで苦悩をにじませる牙王丸は、こぶしを床にどんと当てたようだった。

言葉通りもどかしくて、苦痛なことを代わってやりたいと思ってくれているのだろう。

そんな牙王丸の声を聞いていると、絶えず感じていた吐き気や倦怠感、腹の痛みがやわらいだ。

帳で見えないのをいいことに、両手を下腹部に持っていく。

子が出来ているかわからないが、胸の内で「其方の父はやさしい男だぞ」と話しかけた。

あいにくなんの反応もない。でも、自分の気持ちは鏡に映したように見えてくる。

代わってもらえるとしても、子は自分の腹で育てたいと思った。今の苦しみが悪阻の一環なら、出産まで一年続くとしても耐えられる。

「牙王丸、左目の調子はどうだ？　もう見えるようになったのか？」

「臥せたる身でそのようなこと、気にしてくれるとは……」

「俺は心やさしいほうじゃないが、鬼でもないからな……で、どうなのだ？」

「もう大丈夫だ。徐々によくなって、七日目には元通りになった」

「それはなにより重畳だ」

下腹をそっとなでながら、翠綺は牙王丸に見せない笑みを浮かべる。

子が、本当に出来ている気がしていた。直感でしかないが、この場にいる気がする。

不思議なことに、会う前から当たり前に愛することができた。いるとしても、まだ豆粒くらいかもしれないのに、もう可愛い。なんとも愛しい。

――媚薬香で正常な判断ができていなかった可能性もあるが……だとしても俺が望んで受けた子種だ。牙王丸の子ならば産んでもいいと、あのとき、心のどこかで思ったのだ。だからきっとここに……。

いるに違いないと思いながら、翠綺は帳の向こうの牙王丸に目を向ける。

暗くて影すら見えなかったが、今は牙王丸の光輝を感じられた。亥神としては圧倒的な力が、帳の向こうに確かにある。

「翠綺、其方の顔が見たい。帳をめくる許しをくれ」

「それは駄目だ。やつれたうえに角も萎れて、百年の恋も冷める有り様《あさま》だからな」

「私の二十四年の恋が冷める道理がないが、もしも冷めたら困るのか？」

気持ちを探るようなことを訊かれ、どう答えるべきか迷った。

少しは困るといってしまったほうがいいだろうか、そうしたら牙王丸はよろこぶだろう。

それとも思い上がるなといったほうが自分らしくて元気そうで、安心させられるだろうか。

そんなことより早く、子のことを話したい。薬師を呼んで確かになるまでいうべきではないが、今すぐにでも告げたい。

「これまでは朝や昼に来ていたのに、今日は夜なんだな。もう来ないのだろうと思っていた」

恋が冷めたら……の答えをはぐらかし、かといって子のことにも触れられず、翠綺はいつもの自分らしく不満げな声でいう。

実際に不満だったのだ。辰の都は東南にあり、亥の都は西北にあるので非常に遠いが、翠綺の屋敷も牙王丸の屋敷も中央府のすぐ近くに建っている。つまり中央府を突っきることが許される身分であれば移動は簡単。毎日難なく会える近所のようなものなのだ。

それなのに遣いも寄越さず、日が暮れるまで待たせたことが気に入らない。

あれこれ余計なことを考えたりいらだったりして、胎教に悪いというものだ。

「来ないわけがない、其方が高熱で苦しんでいるのに……来ないなんて選択肢はない。ただ……今日は母にだまされて思うように動けなかった。連絡もせず申し訳ない」

「謝ることはない。謝られるとまるで、俺が待っていたかのようじゃないか。一度寝たくらいで調子に乗るなといったはずだが」

「待たれていないことはわかっている。それでも、約束に反した行いは謝りたいのだ」

「まあよいが……母君がどうかしたのか？　持病の癪が……と呼びだされたか？」

「その通りだが、おそろしいことに母の屋敷にいくと見合いの席が十も用意されていて、父までいたので逃げるに逃げられなかったのだ。問題にならぬよう同じだけの時間を割いて、すべての雌神に無愛想に振る舞った」

「――見合いの席が、十も？」

「其方が百艶に惚れ込んでいたのは誰もが知るところだからな、私がいくら求婚しても無理だと決めてかかっているのだ。高嶺の花は諦めろといって、亥の雌神と見合いを……」

牙王丸は両親の策略にうんざりしている様子で、帳の向こうでため息をつく。

其方が求婚に応じてくれないからこんな目に……と、はっきりいわないがいっているのと同じだった。不可抗力とはいえ体の関係を持ち、それなりに好かれていると実感した分、早く求婚を受けてほしくてしかたがないのだろう。

「翠綺、瘴気中りが治って元気になったら……どうか私と……」

「それで、美しくよい娘は見つかったのか？」

「――ッ、翠綺」

悪気などないことをわかっていながら、突き放さずにはいられなかった。

牙王丸が亥の雌神と結婚する気がないことも、変わらず自分だけを好きでいることもわかっている。わかっているが、翠綺には辰神の皇子としての矜持がある。

牙王丸の両親が、亥の娘たちを嫁に……と求めているのが気に入らなかった。

自分よりも高位の男嫁など、面倒くさくていやなのだろう。

しかも辰と亥の間に誕生するのはほとんど辰だ。亥の跡取りが生まれる確率は低い。

牙王丸の父や母の立場になって考えれば、正妻も側室も亥の名家の娘がちょうどいい。

辰神の……しかも皇子など、求婚を断ってくれてありがたいというのが本音に違いない。

――俺を……この俺を鼻つまみ者にする気か？　そんな親のいる家になど、嫁に行くものか。

見合いの件を平然と俺に話す牙王丸も気に入らん。だいたい病床で求婚してくるのもどうなのだ。

ひとが弱っているときに大事なことを決めさせるな！

元々体調が思わしくなく腹の痛みも吐き気もあり、いらだちが増していく。

自分が欲深くなっているのは自覚していた。

寅神の太子だった百艶に相手にされていなかったころは、寅神一族の者がどう思っていようと絶対に嫁に行くと意気込んでいた。けれども今は同じ勢いでは嫁げない。求める側と求められる側では、敗者と勝者ほどの差があるのだ。

亥神の太子である牙王丸にどうかお願いしますと求められている以上、一族郎党諸手を挙げて迎えるようでなければいやだ。最上級の嫁として、大事にされなければいやだ。

「翠綺……すまぬ、また性懲りもなく求婚してしまった。其方を常に求めている証拠ではあるが、こういうことは具合がよくなってからするべきだった」

「べつにいつでも構わん。お前からの求婚など、いつ如何なるときでも右から左で、少しも俺の心に留まりはしない」

「翠綺……」

「そもそも勝手に忍んでくるなど迷惑千万。明日からは文も花も要らぬ。だいたいいつも地味な野の花ばかりでつまらない。俺は薔薇や牡丹や芍薬《しやくやく》が好きだというのにっ」

「それはもちろん知っているが、この屋敷の庭にいくらでもある花を贈っても……と思ったのだ。いずれの花も鎮痛作用や消炎作用があって、香りを嗅ぐだけでも効果が……」

「まったくない！　俺は野山を駆ける獣由来のお前とは違うのだ、辰に薬草など効くわけがない。

あちこち痛いしもう休む！　さっさと帰れ、迷惑だからもう来るなっ」

萎えた角をとがらせて声を荒らげた翠綺は、そのまま布団に突っ伏す。

牙王丸が帰るまで息を殺す覚悟で、岩のように固まった。

寄せられる好意に甘えていることはわかっていても、どうにも態度を変えられない。

牙王丸に数多の縁談があり、それが彼の両親が望むものであるということも、なんだかんだといいながらも一日で十回の見合いをしたという事実も、とにかく腹が立ってしかたがなかった。

「――痛みがあってつらいときに、勝手に忍んできてあれこれと話してすまなかった。迷惑だというのなら、しばらく来訪はひかえる。其方は私がなにかいうとすぐに怒るし……それは……今の其方の身に障るだろう。回復したころにまた会いたい」

帳の向こうから届く声は悲しげで、そしていささか不機嫌そうでもあった。

牙王丸は牙王丸で、連日見舞いにきているのにひどい対応だと不満を持っているのだ。

それが伝わってきたので、翠綺は時を戻したくなる。ほんの少しでいいから戻したい。

もちろんそんなことはできないが、いったい何度同じ失敗を繰り返し、同じことを願えば気が済むのだろう。

懲りない自分は大うつけで、雷をいくつ落としても足りないくらいだ。

過去をくやむことなく、前だけを見て生きていたいのに、それができない。

時は戻せないし、口から出た言葉は引っ込められない。

――いいすぎた……ほとんど八つ当たりだ。

岩のように固まっている間に牙王丸は去り、翠綺は御張台の中でさらに縮こまる。

言葉を引っ込めることができなくても、すぐさま「すまぬ、いいすぎた」と謝ればある程度は取り返せそうなものなのに……なにもいえず、自分で自分を許せない気分だった。

飾ってある野の花は、地味だが確かにいい香りがして、鎮痛効果のある薬草だと知っている。

辰に薬草が効かないというのは嘘で、効き目は薄いが薬湯など飲むこともあった。

牙王丸の愛情は本物だと思えばこそ、ついつい好き放題してしまう。

それはよくない甘えだとわかっているし、好意にあぐらをかきながらも冷められる心配をしている自分を、きらいだとも滑稽《こっけい》だとも思う。

――俺は俺であって、顔も体も髪も角も性格も、俺という存在が大好きだったのに……最近はくやんでばかりだ。自分を肯定できなくなっている。

秋の虫の声も届かぬ静かすぎる空間で、翠綺は腹に手を伸ばす。

牙王丸の子を孕んだ自分は肯定できて、また好きになれそうだったが……素直ではなく意地の悪いことばかり口にする身に、子が宿っている気はしなかった。出来た気がしたのはまったくの気のせいで、やはり瘴気中りしているだけなのかもしれない。

そう考えるとひどくさみしくなり、牙王丸を呼び戻したくなった。

もしも今、なにかしら理由をつけて戻ってきたなら──「すまぬ、先ほどはいいすぎた」といえるかもしれない。いや、いおう。戻ってきたら必ずいおう。

牙王丸をよろこばせたい気持ちを、自分は確かに持っていたのだ。

子のことは定かではないのでなにもいえないが、なにかしらよろこぶような言葉をかけたい。

そう難しいことではないはずだ。好いた相手から話しかけられたら、余程の意地悪でない限り大抵はうれしいものなのだから──きっと、よろこんでくれるはずだ。

九

先日はいいすぎて悪かった――その一言を早く伝えなければと思いながら三日が経ち、翠綺はついに床から出た。

体調がよくなってきたこともあり、自らの足で牙王丸の屋敷に向かう。

中央府を突っきれば近所といえる距離なので、牛車もなにも要らなかった。

執行猶予中のうえ自宅謹慎の身なので目立つわけにはいかなかったが、光輝を失っているため誰の目に留まることもなく、亥の国の都に到着する。来るのは久しぶりだった。

午後の都は活気があり、子供の声がそこら中から聞こえてくる。

翠綺は以前よりも子供というものに興味を持ち、子らが遊ぶ姿を目で追った。

そうして牙王丸の屋敷の前まで行くと、何人かの亥神に「辰神様！」とおどろかれる。

そのたびに翠綺は唇に指を立て、静かにするよう暗に命じた。

町ゆく者は空気ごとぐっと呑むようにして口を結ぶ。

牙王丸は亥の子供たちに武術指南をしていると知っていたので、その姿を見たかったのだ。

以前ちらりと見たことがあったが、そのときはよくやるなぁとしか思わなかった。

感心というよりは呆れていたといってもいいくらい、翠綺にとってはどうでもよかった。

「牙王丸様、御指南よろしくお願い致します！」

颯と大して変わらない歳の男児四人が、竹刀《しない》を振り上げて牙王丸に向かっていく。

青空の下で、牙王丸は丸腰のまま竹刀をよけた。

翠綺がよく知っている、体術が得意な牙王丸がそこにいる。

たくさんの見物客に囲まれながら、次々と襲いかかってくる攻撃を躱《かわ》していた。

体が大きいのに柔軟で瞬発力にすぐれ、同時に四本の竹刀を向けられてもひょいひょいと難なくよける。

「もっと踏み込め、当てる気がないうちは当たらないぞ！」

牙王丸は笑いながらそういって、ふわりと身をひるがえした。

見た目と裏腹な身軽さは、翠綺がよく知っているものだ。

子供たちの動きは翠綺の目で見ると非常にのろく、牙王丸も物足りないだろうと思った。

体調が万全で、なおかつ目立ってもよい身であれば飛び込んだのに——とうずうずしながら、物陰に隠れて牙王丸の動きを追う。

子供たちの相手をしている姿を見ていると、父親としての彼が見えてきた。

無理なく自然に、いい父親になるのが想像できる。

辰の子であろうと亥の子であろうと、我が子を可愛がって自らの手で育てるだろう。

子の父親として見ても夫として見ても、牙王丸には非の打ちどころがないように思えた。

――こんな好い男を……亥の雌神が放っておくわけがない。見合いをしてその気になっている雌神もいるだろうし、あまりうかうかしていると……横取りされかねない。

今も見物客の中に若い雌神が交ざっていて、きゃあきゃあと声を弾ませている。

翠綺はこれまで、如何なる雌神よりも美しいといわれ、実際にそうだと思ってはいるものの、美しさがすべてではないことくらいわかっていた。

現に百艶を落とせず、人間の……少しばかり見目よい男に奪われてしまったのだから、美貌は絶対ではないのだ。

やはり今日はなんとしてでも「先日はいいすぎて悪かった」と謝りたい。

素直なところを見せて、牙王丸との関係を少し……否、できれば大きく変化させたい。

一度寝ただけの友人という現状から、恋人なり婚約者なり、もっと深いものへと進めたかった。

「――牙王丸様ぁ」

武術指南が終わったのか小休止に入ったのか、隙をついて牙王丸に近づく雌神がいた。

扇で顔を隠してはいたが、女の身で人前に出てくるのだから大した身分ではなさそうだ。

しかし見えている目元は大層愛らしく、亥神にしては線の細い小柄な女だった。

肌と髪が牙王丸とほとんど同じ色なので、並ぶと絵になっている。

――なんだ、あの如何にもあざとい雌神は……。

話し方から所作に至るまで、女らしさや可愛らしさを前面に出している雌神の姿に、翠綺は思わず舌打ちをしたくなる。翠綺がもっともきらいな、計算ずくでわざとらしい女だった。

「あらまあ、苺姫《いちごひめ》様ったら積極的」

物陰に隠れていた翠綺は、近くにいた年嵩《としかさ》の女の声に耳を澄ませる。

その連れの若い女が、「先日お見合いしたそうですわ」と声を弾ませていた。

女たちは、「まあうらやましい」「お似合いですよね」といったあげくに、「苺姫様のお兄様は牙王丸様の御学友ですし、これはもう決まりでは？」などと勝手な噂をし始める。

――学友の妹だから決まりってなんだ……ふざけるな、俺なんか学友そのものだ！

いらだった翠綺は、飛びだしたいのをぐっとこらえてこぶしを握りしめる。

できることなら苺姫とやらに圧倒的な美貌の差を見せつけ、手渡した手拭いをびりびりと引き裂いてやりたいが、表立って出ていける身ではなかった。

大神の皇子とはいえ一応罪人であり、見咎められたら大事になってしまう。

かといって、このまま苺姫が牙王丸にべたべたと触るのを黙って見続け、こっそり会える時を待つ気にもなれなかった。

――だいたい苺姫などとふざけた名前を……っ、なにが苺だ、なにが姫だ！　姫でもない娘に姫とつけるな！

腹を立てた翠綺は、くるりと踵を返して牙王丸の屋敷を去る。

特になにをされたわけではないが、門前払いを食らったような最悪の気分だった。

しかも、牙王丸が追いかけてこないのが気に入らない。

光輝がないのだから気づかないのも無理はないが、本当に愛があったら視線だけでも、翠綺が来た――と気づきそうなものだ。それができぬ程度で愛を語るな、といいたい。

結局なにもせずに辰の都に戻った翠綺は、また気分が悪くなって自邸で寝込んだ。

亥の都に行くまではずいぶんと反省していたのに、今はもう謝る気すらなくなっている。

むしろ謝るべきは牙王丸のほうだと思っていた。

無骨者のような振りをして、こちらの目が届かないところでは女にも愛想よくしていたのかと思うと、怒りがおさまらなかった。差しだされた手拭いを受け取ったことだけでも、自分への裏切りに思える。

――ああ腹が立つ……どいつもこいつも、結局は可愛い者が好きなのか？　俺のほうが強くて美しいのに、なんだって他に目を向けるんだ。

御張台の中でひとり伏せながら、翠綺は苺姫や北原瞬の愛くるしさを憎む。

自分だってできるものならあのように可愛らしく笑いたいが、無理なものは無理だ。

なにより、素ではない顔を他者に向けるのは不本意だった。媚びるようで気持ちが悪い。

あくまでも自分らしく……自然体でいても愛してくれる牙王丸を、なかなか好い男だと思えるようになったのに、婚約する前から裏切られて最悪の気分だった。


日が暮れるころになると牙王丸が忍んできて、御張台の外から「翠綺、其方、午後に亥の都に来てくれたそうだな」とうれしげに声をかけてくる。

予想の範疇だったので翠綺はおどろかず、「知らぬ、俺が行くわけがない」と否定した。

信じないだろうことは承知のうえだが、自分から会いにいったなどと認めるのは御免だった。

「翡翠の眼と真珠の如き白い角を持つ、世にも美しい辰神だったと聞いている」

そんな辰神はこの世にひとりしかいないと思ったが、それでも認めるつもりはない。

今にして思えば、人間の姿に化けていけばよかったとくやまれた。

「俺のようではあるが、俺ではない」

「そうか、それは残念だ。其方が会いにきてくれたのだと思い、舞い上がってしまった」

「――それで忍んできたのか？　残念だったな」

「うむ、とても残念だ」

「べつに俺が行こうが行くまいがどうでもよいではないか。お前のことを好いている亥の雌神は大勢いるようだし、格上の一族の皇子など、嫁にもらっても面倒なだけだぞ」

翠綺は自分の言葉にいらだちながら、扇をぱちんと閉じる。

伽羅《きやら》の香る寝所に、一瞬のようで長い沈黙がよぎった。

「翠綺……そのようなことを、考えていたのか？」

「事実をいったまでのこと――」

冷たくはねのけようにも言葉が上手く続かず、翠綺は天を仰いで扇を握りしめる。

なんといったところで心を見透かされている気がして、くやしい気持ちでいっぱいだった。

そうかといって、なにも察してもらえないのもいやだ。そんなのは許せない。

内々に溜まっている不満と、急速に芽生えた好意を察してほしい。しかしやはり恰好がつかず、正確に読み取られるのはくやしい。

わかってほしいが、くやしいのだ。

「翠綺、私は其方を嫁にしたい。もしも其方が望み、大神様が許してくださるならば婿入りでもよいのだ。ただ其方と、めおとになりたい。生涯の伴侶として、其方以外は考えられない」

「――っ、婿入りなどと軽々しくいうな、お前は亥の大将になる男だ」

「ならば、亥の大将妃になってくれ」

うむ、よいぞ——そういってしまえば済むことで、答えは喉のあたりまでもう来ていた。

それでも言葉にできず、翠綺は無意味に扇を広げたり閉じたりを繰り返す。

ひょいと乗り越えてしまえば楽なのに、乗り越えらない壁がある。

決して高くも厚くもない壁で、軽く蹴れば壊れそうなくらいもろいのに、その前でじれじれと右往左往している自分がいた。

「——体調は、よくなっているのか？」

沈黙に耐えかねて声をかけてきた牙王丸に、翠綺は「うむ」とだけ返す。

即答できることとできないことがあって、自分でもどうしようもなくじれったい。

「それはなによりだ」

また、聖性が高い身だとか瘴気が応えたに違いないとか考えているのだろうな——と思いつつ、翠綺は密かに腹をさする。

子が出来たかもしれないと、いってみようかと思った。

そうしたらどんな反応をするか、おおむね想像がつく。よろこぶのはわかっていた。

子の存在は、牙王丸との関係を大きく変えるきっかけになるだろう。

だが確定していないものを利用するわけにもいかない。

それになんだか自分が情けない気もした。

――好意は持っている。また抱かれたいとも思っている。嫁になりたいとも……思っている。

諸手を挙げて歓迎されないとしても、牙王丸の嫁の座を……苺なにがしに譲る気はないし、他の男の嫁にはなりたくない。もちろん雌神を娶る気もない。つまり……答えは出ているのだ。

さあ跳べ。目の前の壁はすっかり低くなった、薄くなった。跳べるはずだ。

そう思うと体がゆさゆさと前後にふるえ、御張台から飛びだしたくなる。

あと一歩、あと一歩なのだ。だからもう一声、なにかがほしい。

「用事があるゆえ、今宵は帰る」

「――っ」

「引き続き養生してくれ、明日また見舞いにくる」

「来なくていい！」

俺の見舞い以上に大切な用事があるというのか――そう怒鳴りたいのをこらえると、可愛げのない言葉が飛びだしてしまった。

いっそのこと、無遠慮な兄の圭夕のように帳をめくり、御張台の中までずかずかと入ってきてしまえばいいものを……詰めが甘い。甘いとしかいいようがない。

猪由来の神のくせに、牙王丸には野性味が足りない。

「来るなといわれても来る。来ないと其方が無理をして外に出かねないからな」

「……っ、亥の都に現れた辰神は俺ではないといったはずだ」

「そうだったな、すまぬ」

牙王丸が畳の上を歩きだしたのがわかり、翠綺は腹立たしくて唇を噛む。

本当は扇をぼきりと折りたかったが、感情的になっているのを音で悟られるのがいやだった。

黙って静かに唇をぎりぎりとやりながら、強引さの足りない牙王丸を心底うらむ。

一度は通じた仲なのだから、拒絶されても踏み込んでくればよいのだ。

押し倒すなり無理やり接吻するなりしてくれれば、こちらも流されてやれるものを——。

「はぁ……」

再びひとりになった翠綺は、深いため息をつく。

壁を乗り越えられない己も己だが、牙王丸も牙王丸だと思った。

根が真面目でやさしいので、臥せっている相手に無理はできないのだろう。

亥の都にこっそり行けるくらいにはよくなったのだし、そもそも辰神は強いのだから遠慮する
ことはないのに、やさしいがゆえに甘い。手ぬるい。

——そういうところが、よいといえばよいのだが……。

遊び慣れている男よりも、不慣れなほうが清くてよいと思う己がいる。

詰めが甘いと責めていらいらする一方で、惚れ直していたりもする。
翠綺は床に突っ伏せ、また「はぁ……」と、熱っぽい息をついた。

十

牙王丸が去ってからひと眠りした翠綺は、妙な夢を見て目を覚ます。

まだ日付は変わっておらず、眠っていたのはわずかな時間だというのに、やけに長い夢を見た気がした。

――牙王丸が地獄に落ちる夢……鬼神になるわけではなく、悪しき亡者と一緒になって針山を歩かされている夢……足から血を流して……その隣には灼熱地獄があって、炎が……。

あまりの悪夢に、起きてから息が上がる。

襦袢や袿に冷や汗が染みて、ぞくりと寒気が走った。

現実に起きてほしくないことを夢に見るとよく聞くが、それにしても悪夢がすぎる。

凶兆でなければよいと必死に願う自分は、すでに牙王丸の妻のようだと思った。

もたもたしているとよくないという、霊界からの啓示かもしれない――そう考えると、求婚を受け入れようという気になってくる。翠綺とて怖いものがないわけではないのだ。

百艶を殺してしまったあとはしばらくふるえが引かなかったし、百艶が冥王と契約を交わして、死後に冥界に行くと知ったときは死にたいくらい後悔した。

今の悪夢は、あのときの苦渋を思いだせといっているのかもしれない。

――いつまでももたもたしていると、牙王丸が……手の届かないところに行ってしまうという暗示か？　そうだ、地獄に落ちなくとも……他の嫁をもらったら、俺はもう牙王丸の嫁にはなれない。たとえあやつの子を宿していたとしても、この俺が……っ、亥の雌神の後塵《こうじん》を拝することなどできる道理がない！

ああ、駄目だ。自分から動かなければ駄目だ。

このままではくやんでもくやみきれない結果になるかもしれない。

牙王丸はやさしく、大層親孝行でよい息子だ。母親からどうしてもと頼み込まれたら、しぶしぶ雌神を側室にするかもしれない。

そのうえで「大丈夫、本妻は其方だ」などと笑顔でいわれたら、自分は……無理だ。

どう考えても殴り倒してしまう。ふざけるなといって、骨が砕けるほど蹴り飛ばしてしまう。

――今のうちに動こう。悪夢の示すところは、急げということだ。たぶん……。

翠綺は袿姿のまま御張台を出て、翡翠色の直衣に袖を通す。

誰も呼ばずにひとりで着ると、「ふうっ」と大きく気合いを入れた。

悪夢を見たからというのは唐突なので、そのことは伏せてとにかく会って「お前の嫁になってやる」と伝えよう。子のことを含め、すべてはあとから考えればいい。

——牙王丸は今夜、用事があるといっていた。俺の見舞いを早々と切り上げるくらい優先する用事といえば、母親の病に……仮病に違いあるまい。のんびりしていては後れを取る！

直衣を着込んだ翠綺は、寝所の襖をすぱんと開ける。

そのまま廊下に飛びだすと、こちらに向かってくる灯りが見えた。

牙王丸か——と一瞬思ったが、違う。頭からにょっきりと辰の角を生やしている。

「兄上？」

「翠綺っ、そんな恰好をしてどうしたのだ？　もうよいのか？」

「——なにゆえこのような時間に？」

「急ぎの用事があって来たのだ」

翠綺の同胎の兄、圭夕は、灯りを持っていた女官からそれを取り、「下がれ」と命じるなり足早に奥へ来る。

そのただならぬ様子に、翠綺は先ほど見た悪夢を思いだした。

蠟燭の小さな炎ならばおそろしくもないが、夢で見たのは地獄の炎——灼熱の大火だ。

「まさか、牙王丸の身に……なにかあったのですか？」

「あったもなにも大変だ。亥の太子が中央府から呼びだしを食らった」

「……っ、なにゆえ!?」

「冥界に流れるゆゆしき噂について、弁明せよと大神様がお怒りなのだ」

圭夕は早口でそういうと、立て続けに「いったいどういうことだ？」と距離を詰めてくる。

訊かれてもなにがなんだかわからず、翠綺はいつの間にか圭夕の胸倉をつかんでいた。

「噂って……っ、ゆゆしき噂ってなんですか⁉　なんのことかわかりません！」

「翠綺、落ち着け！　この馬鹿力めっ、兄の胸倉をつかむ奴がいるかっ」

「兄上こそ落ち着いて説明してください！」

そう迫った途端に、圭夕の言葉が頭に入ってくる。

冥界に流れるゆゆしき噂——と、確かにそういったのだ。

「冥界で、牙王丸の噂が？」

「……っ、そうだ、亥の太子が……冥王様の寝所に忍び込んだと噂になっているらしい。それで、冥王様との間に過ちはなかったのか、審問にかけられることになったのだ」

「——寝所に忍び……過ち？　冥王様との間って……牙王丸が冥王様を抱いたとでも⁉　そんなわけないじゃないですか‼」

「私に怒鳴るな！」

普段は大声など出さない兄と唾を飛ばして怒鳴り合った翠綺は、動揺と怒りのあまり扇を床に叩きつける。あの悪夢が示していたのはこういうことかと思うと、感情がふつふつ煮えたぎって止まらなかった。

ただ巻き込まれただけでなにも悪くない牙王丸が、あらぬ疑いをかけられているのだ。

お偉方の覚えが目出度く将来有望、一点の瑕《きず》もない男だったというのに——自分にかかわったせいで経歴に瑕がつき、審問にかけられるなど到底看過《かんか》できることではない。

「冥界の……誰がそのような、いい加減な噂を……っ」

「噂好きの鬼たちであろう。やつらはあることないこと好きにいうのだ」

「笑止！　そんなものを真に受ける大神様も大神様だ！」

「其方、父上に向かってなんということを！」

口をふさごうとする圭夕を躱して、翠綺は直衣の裾をひるがえす。

事実はまったく違い、牙王丸は翠綺の左目を守った功労者だというのに、大神に呼びだされ、審問にかけられたのが許せなかった。牙王丸が翠綺の見舞いを早く切り上げた理由がはっきりとわかったが、それについて言及しなかった牙王丸にも腹が立つ。

冥界行きの件で大神様に呼びだされたのだ——と説明してくれたなら、ともに中央府に行って自分が弁明したのに——。

「どいつもこいつも腹が立つ！」

「翠綺！」

怒りを引き金にして、体が辰の本能に呑み込まれる。

辰は変容しないことに優位性を感じる種だというのに、止められなかった。

こんなところで龍になってはまずいと思う気持ちがまったくないわけではなかったが、不調もあってか情緒が不安定で、理性が負ける。

「翠綺……っ、やめろ！　屋敷が壊れる！」

だからなんだと、兄に向かって怒鳴るより前に、体が龍に変わっていた。

いくらか上にあった圭夕の顔が遥か下に見え、「屋敷が壊れる！」といわれたときにはもう、屋根を背中でぶち破っていた。

壊れた屋根を従え、夜空に向かって悠々と飛んでいく――はずだったが、飛べない。

神力を奪われていても龍化はできるものの、空を飛ぶ力がない。

飛ぶイメージはあるというのに、大蛇のように這うことしかできなかった。

月に向かって伸び上がってもそれ以上は行けず、重い頭がどぉんと屋根に落ちてしまう。

顎がぶつかって痛いやら情けないやら、いっそ神姿に戻ったほうがいいような気もしたが引っ込みがつかずに、翠綺はそのまま中央府に向かっていく。

「まったくもって腹が立つ！　俺は巳神ではないぞ！」

「翠綺！　やめろ！　止まれ――っ！」

必死に止める圭夕の声が龍の耳にも届いたが、翠綺は構わず……だがしかし、道順は選択し、自邸の上だけを通って中央府に向かった。

翠眼黒鬣の白龍となった翠綺の姿に、他の辰神が「おおっ」と声を上げておののく。

力の大きさは龍化したときの大きさに比例し、翠綺は身長の約二十倍の体長を誇る巨大龍だ。

その他一般の辰神などは変容しても身長の二倍程度の小龍なので、圧倒されて声を上げるのも無理はなかった。

——神力を奪われた状態で龍化は……くそ、苦しい……龍の姿を保てない！

本来、龍化すると最高に気分がよく己の力に酔うものなのに、今宵は違っていた。

満ち満ちた力に酔うどころか、燃料不足で形を保つことすら困難になる。

それでも意地で龍の姿で這い進むと、中央府の入り口が見えてきた。

東南にある普賢門《ふげんもん》が開いていて、そこからわらわらと衛兵が出てくる。

大神の力を秘めた鎚《つち》を手にしている彼らは、「翠眼黒鬣の白龍⁉」「翠綺様では⁉」「そうだ、翠綺様だ！」と口々にいいながらも、一応は鎚を向けてきて翠綺を取り囲んだ。

龍化や獣化した状態で中央府に足を踏み入れることは固く禁じられていて、たとえ皇子でも反逆罪と見做《みな》される。門より先に進まなければ罪にはならないものの、門前まで龍の姿で行くこと自体が、はなはだしく非常識な行為だった。

「翠綺様！　お待ちください！」

「この先に進んではなりません！」

大神の寵愛を受ける皇子を捕らえたくなくて、衛兵たちが声を張り上げる。

そんなこといわれなくてもわかってる――と怒鳴りたくなった翠綺だったが、ゼイゼイと息が切れ、言葉を発することすら難しくなっていた。

大地に縛られる獣の神のように地面を這い、門前で衛兵に囲まれながら咆哮《ほうこう》を上げる。

それが最後の一息だった。もう龍の姿を保っていられない。

「翠綺！」

神姿に戻るしかないか――と思った矢先、牙王丸の声が聞こえた。

同時に体に異変が起きる。

腹のあたりがむずりとして、妙な違和感があった。

「――っ、ぅ」

「翠綺！　どうしたのだ、なにゆえ龍の姿に⁉」

普賢門の内側から、牙王丸が転がるような勢いで出てくる。

銀灰色の直衣姿で、もちろん罪人という風体ではなく、いつも通りの恰好だった。

白に近い淡茶の髪は乱れていたが、それは走ってきたからで、ぞんざいな扱いはされていない様子に見える。

「――お前が、大神様の御不興を買ったと聞いたからだ！」

喘鳴《ぜんめい》をもらしながらも怒鳴った翠綺に、牙王丸は目を丸くしながら近づいてくる。

大柄な牙王丸をばくりと食べてしまえるほど大きな口の横まで来て、「翠綺、私の身を案じて
このような姿に？」と声をふるわせた。

「お前が……っ、よからぬ噂のせいでひどい目に遭うかと……いや、そこまでは思っていないが、
お前の経歴に瑕がつくのが許せなかった！」

龍の姿になっていると、普段よりも素直に自分の気持ちをいえた。

なぜかはわからないが、ここに来てようやく、いいたいことがいえる気がする。

お前のことを好きになったようだ――と、そこまでいえるだろうか。どうだろうかと試し試し
口を開くと、牙王丸が手を伸ばしてきた。

喰い殺されかねない大きな口をおそれずに、牙に触れてくる。

「悪い噂は……確かにあったようだが、すでに弁明した。本当のことを話したのだ」

「――本当のこと？」

「百艶の左目を返していただくために……冥王様の前で、皇子様と交わったと……ありのままを
大神様にお話しした。私が其方に求婚していることを含め、すべて聞いていていただいたのだ」

「……っ」

まさか冥界でのことをつまびらかに話したとは思わず、翠綺は空に逃げたい気分になる。

合意のうえなら皇子に手を出そうと問題ないとはいえ、翠綺からすれば冥王の前で肌をさらしたことが屈辱的で――正直すぎる牙王丸を、がぶりと一咬みしてやりたい心地だった。

「翠綺、こんなところで龍になっては謀反《むほん》の心ありと取られてしまう。大神様に雷を落とされる前に、いつもの姿に戻れ。さあ」

さあと両手を広げられてうながされ、翠綺はしぶしぶ神姿に戻る。

本当は龍のままでいたかったが限界が来ており、靄に覆われながら翡翠の直衣姿になった。

途端にくらりと眩暈がして、倒れると牙王丸に抱き寄せられる。

調子に乗るなと突き飛ばしそうになるのを、ぐっとこらえておとなしくしていた。

神力を奪われた状態で龍化したせいで、ひどく疲れて体が重い。

ぐったりとくずおれるまま身を預けると、いくらか楽になるようだった。

「翠綺……大神様は、『翠綺が望むならば、嫁にやってもよい』と仰せになった」

「――っ、勝手に話を進めるな！」

「私の嫁に、なってはくれぬか？」

うむ、よいぞ――と、返すなら今だと思った。

この機を逃すとまた後悔するとわかっていながら、口は上手く動かない。

短く答えるだけでいいのに……うなずくだけでもいいのに、思うようにいかない。

いいたいことは、本当は短くないのだ。いろいろと伝えたいこと、約束させたいことがある。

「牙王丸……俺は、お前のことを童貞男と散々馬鹿にしてきたが、俺以外を知らないところは、清らかで……よいと思っている」

「うむ」

「これからも他の者には指一本触れず、側室も作らずに俺だけのものになるなら、嫁になる件、考えてやらなくもない」

「もちろんだ。指一本どころか髪一本に至るまで、私は其方だけのもの。生涯清らかな身であり続けることを誓う」

「――俺と結婚しても、辰の子ばかり生まれて、亥の子は生まれない……かもしれない。いずれ跡継ぎの問題が……」

「跡継ぎなど、弟や甥から選べばよいのだ。子がいなくとも、其方がいてくれればよい」

そうか、ならばもうなにも問題はない……晴れて、お前の嫁になってやろう――そういってもいいと思った翠綺は、唇を笑みの形に変えて、しかしなにもいえなかった。

回転性のひどい眩暈に襲われ、言葉ごと闇に呑まれてしまう。

「翠綺……っ、翠綺！」

心配そうに名前を呼ばれたが、目を開けられない。

でもなにも怖くはなかった。自分は、ひとりではない。

牙王丸の腕の中は心地よくて、とても温かく感じられた。

十一

気づいたときには天井の明障子が見え、自宅の御張台の中で寝ているのだと思った。

しかしそれにしては天井が高く広く、囲っているはずの帳が見えない。

おかしいな――と思うと、壁一面分の格子が見えてきた。

――ここは……大宮殿の……牢？

間違いない。青畳を何十枚も敷き詰めた牢には、季節の草花が飾られている。

そして隣には、脇息《きょうそく》に寄りかかって眠る牙王丸の姿があった。

長い髪を散らしながら、すうすうとよく眠っている。

――まさか、俺と一緒に捕らえられた……のか？

そう思うと背筋がぞっとして、翠綺は「牙王丸っ」と声をかけた。

途端にまぶたがぴくりと動き、牙王丸が脇息から身を起こす。

そう長くはない睫毛が重たく上がって、黒い瞳が現れた。

「……翠綺、目を覚ましたか」

「目を覚ましたかじゃない！　これはどういうことだ!?　なにゆえお前まで牢の中に！」

「案ずるな、私は訪問者にすぎない。囚われているのは其方だけだ」

「まぎらわしい。客なら客らしく格子の外に出ていろ！」

「まあそういうな、もう婚約者ではないか」

「――っ、ぅ……」

「そうであろう？」

もうそういうことになっているのか――と思うと恥ずかしいやら少しばかりほっとするやら、翠綺は思わず辰の角をかき、「うぅ」とうなる。

「具合が悪いのか？」と難しい顔で訊かれたが、直前のうれしそうな顔のほうが好い男に見えて好きだった。

心配をかけたくないというよりは好い顔が見たくて、「なんでもない！　神力を奪われている状態で龍化して、疲れただけだ。もう回復した！」と力強く答える。

必要以上に力が入ったせいか、今度は笑われてしまった。

「よかった」と、そういいながら笑う牙王丸が、なぜかこれまでの数倍好い男に見える。

婚約者になったからそう思うのか、好きになればそういうものなのか……よくわからないまま翠綺は周囲を見渡した。

牙王丸の顔を見ていると顔が熱く赤くなりそうなので、どうでもよいものを見て冷静さを取り戻そうとする。

「ここは、あの地下牢に間違いないな？」

「ああ……残念だが其方はここで二月暮らさねばならない。神聖な普賢門の前でさわぎを起こしたこともあり、執行を猶予できなくなったのだ」

「そうか、元々の刑期のまま変わらないだけましだな」

「其方が龍化したのは私のせいであろう。本当は私が代わりに囚われの身となりたいものだ」

「それはならん。元より俺は問題ばかり起こしているうえに、大神様の皇子だからまだよいのだ。お前がならず者になってしまったら……俺が、困る」

俺の夫になるのだから、時めく立場でいてもらわなければ――と言葉にはしないが目で訴えた翠綺に、牙王丸は少し目を細めてうなずいた。

複雑な胸中だが、翠綺がいいたいことを察してうれしい気持ちになっているらしい。

照れたような顔をするので、翠綺まで恥ずかしくなってしまった。

「……お、俺の扇は？」

「ああ、ここに」

扇をそっと手渡され、受け取ろうとすると指が触れる。

ただそれだけでのぼせたように顔が熱くなり、どうにも気まずかった。

新しい扇をぱらりと開いて顔を隠しても、指先まで赤くなっている気がしてくる。

牙王丸もそわそわとしていて、それがますます翠綺を落ち着かなくさせた。

夫なら堂々としていろと思うが、余裕を見せられたらいやだとも思う。

結局のところ、牙王丸は牙王丸らしくしていればそれでいいのだ。

このままのこの男が好きなのだと、今は認められる。あくまでも自分の中でこっそりとだが、好意を認めることにやぶさかではなくなっていた。

「以前は、鍛錬の相手として一日一度の入牢を許されていたが……今はどうなのだ？」

正式に婚約者になったのかどうか、そこが気になって訊いてみた翠綺に、牙王丸はにっこりと笑いながら「自由だ」と即答する。

「自由？」

「うむ、婚約者として出入り自由だ。大神様が、『翠綺の子が早く見たい』と仰せになり……」

「——っ、それは……」

それはつまり、刑期が明けるのを待たずに子作りに精を出せということなのかと——訊くのも憚られ、翠綺は血が沸騰するような心地で顔を伏せる。扇では隠しきれない赤い肌を、どうしてよいかわからなかった。

「今も人払いを」

「こ、このような場所でそのようなこと、できる道理がない。一見そうは見えなくとも、ここは牢だぞ」

「――そうか……それは残念だ」

「する気だったのか⁉」

「うむ」

牙王丸はそういうと、扇を持っていた翠綺の右手に触れる。

隠していた顔を少しずつあばいて、瞳をじっと見すえてきた。

「其方の婚約者として認められ、大神様からは早く子を作るようにと急かされ、こうしてふたりきりでいられるのだ。其方の具合さえ悪くなければ、私は其方を抱きたい」

「牙王丸……」

ああ、欲深い雄の目をしている。それでいい、それでいいのだ。具合がどうのと確認せずに、想いのままに唇を奪え。抱きしめて押し倒し、強引に抱いてしまえ――そう願いながら牙王丸の黒瞳《こくどう》を見つめた翠綺は、黙ってゆっくりとまぶたを閉じる。

あとはただ、接吻を待つだけだった。

「――んぅ」

唇をふさがれて、すぐに夢見心地になる。

世界一の夫を見つけた気がした。よい父にもなれる、最高の夫だ。

翠綺のほうから舌を入れると、少しおどろいたように首を固めて戸惑っていた。

この期に及んで、接吻以上はいけないと思っていたのかもしれない。

おそらくそうなのだろうが、翠綺はもう待てなかった。

目をつむりながら牙王丸の直衣に手を伸ばし、するりと脱がせて盛り上がった胸に触れる。

袿の中まで手を忍ばせ、牙王丸の肌の温もりを求めた。

肉感的な胸の真ん中にある、まだやわらかい乳首にまで触れる。

ひくりと反応する牙王丸の体に身を押しつけ、止まろうにも止まれないよう追い込んだ。

「翠綺……っ、翠綺……」

「――んぅ、ふ……っ」

口づけながら名前を呼んでくる牙王丸の息は熱く、体は下まですべて昂っている。

翠綺もまた、昂る体をぐいぐいと押しつけた。

ここには媚薬香もなにもなく、もういい訳は通用しない。

お前が好きで、お前に抱かれたい――そういっているのと同じ体を、翠綺は自らさらしていく。

袿を脱いで、翡翠の首飾り以外は一糸まとわぬ姿になり、むさぼるように唇を求めた。

「う、ぅ……んぅ」

「――ッ、ゥ」

求めた以上に求められ、唇や舌を吸われる。

食らわんばかりの口づけは貪欲で、翠綺の唾液をほとんど持っていってしまうほどだった。

胸をまさぐったせいか胸をさわり返され、乳首をやんわりと指でつままれる。

「あ……」と喘いだ翠綺の嬌声までも、牙王丸は呑み込んでしまった。

裸の身を布団に押し倒されると、ようやく安心する。

我慢や遠慮など要らないのだ。それがやさしさに通じるものであっても、今は要らない。

なにしろこちらのほうが強いのだから、本気でいやがられて蹴とばされない限りはがつがつと強引に迫ってほしい。

「は……ぁ、あ……っ」

「翠綺……っ」

ひとつ年下の、可愛い可愛い瓜坊だった男が夫になるとは夢にも思わなかったが、こうなった以上、蹴とばすようなことはもう二度とないと思った。

牙王丸は裏切らないだろうし、これからもずっと好い男のままだ。

そう信じている。だからこそ、牙王丸の子をたくさん産んでやりたいと思う。

この男をよろこばせたいのだ。もっともっと笑顔にさせて、ますます愛しいと思いたいし……

思わせたい。

「あ、ぁ……っ」

胸に吸いついてくる牙王丸の頭を、翠綺は両手でかかえ込む。

淡茶の長い髪に指を絡めながら、ゆっくりと、好きなだけ乳首を与えた。

ちうっと吸う様が愛しくて穏やかな気持ちになる一方で、脚の間につきんと刺激が走る。

天を仰ぎ蜜濡れていく陽物に触れられると、火に投じられた蠟燭のようにもろく溶けてしまった。

「は……ぁ、ぅ」

寝乱れる翠綺の上を這い、牙王丸は下へ下へと身を滑らせていく。

翠綺の膝を開くと、臍《へそ》に口づけ、内腿にも口づけて、陽物を蜜ごとねぶった。

「……あ、ぁ」

くったりと仰向けに寝ながらも流されるばかりになりたくなくて、翠綺は布団に両手をついて上体を起こす。牙王丸の陽物に向かってにじり寄り、猛々しいものを口にした。

「翠綺……！」

「ん、く……」

先走りの蜜を舐め取ると、ひどく淫らな気分になる。

牙王丸の陽物は翠綺の口には大きすぎて含むことはできなかったが、可能な限り吸っては舌を這わせ、鈴口をほじくった。

「——ッ、ゥ」

牙王丸は翠綺のものを吸いながら、下腹をびくりとひくつかせる。

早く挿れたくてしかたがない様子を見ると、早くつらぬかれたくて腰がうずいた。

ましてや後孔を指でいじられるとたまらなくなり、翠綺は自らの唾液の多くを牙王丸のものに塗りつける。香油に頼れない状況でなるべくたっぷりと濡らして、一刻も早くつながりたかった。

「く、ぁ……ぅ」

牙王丸がさらに下へと身を進め、後孔を舐められる。

翠綺は陽物を吸っていられなくなり、体を丸めて快楽に耐えた。

先に達かないようにと必死になる翠綺の気持ちを知ってか知らずか、牙王丸は後孔に指と舌を挿れてくる。

「あ……は、ぁ……」

喘いで乱れることしかできなくなった翠綺の脚を、牙王丸は左右ともに高く持ち上げた。

己のすべてをあばかれる興奮に燃えて、翠綺はたまらず「早く」とねだってしまう。

それでも牙王丸はなかなか顔を上げず、翠綺の後孔を過剰なほど濡らした。

そのやさしさにさらに燃えて、翠綺は腰をひねってうつ伏せになる。

牙王丸となら獣のように交わるのもいやではなく、自ら尻臀《しりたぶら》をつかんで秘めたあわいを左右に拡げた。

「牙王丸、早く来い。じらされるのは御免だ」

「——っ、翠綺、このような体勢で……よいのか？」

「うむ。獣らしいほうが、お前も勢いがつくのではないか？」

ふふと笑ってさらに肉を分ける翠綺の腰に、牙王丸はようやく乗り上がる。

手指でどれだけ拡げても狭隘な後孔に、ずしりと重みがかかった。

肉とは思えないほど硬い肉の塊が、体の中に入ってくる。

「あ……は、ぁ……っ！」

「——ッ、ゥ」

肉の孔に肉を埋め込まれる快感に、翠綺は髪を振り乱して身悶えた。

ずぷずぷと入ってくるものの大きさが愛しくて、嬌声が細く甘くなってゆく。

牙王丸に腰をつかまれ、奥を突かれるよろこびは肉体だけのものではなかった。

生涯の伴侶《はんりょ》となる雄神を誇りに思い、愛すればこそ感じられる胸の高鳴りがある。

「ん、ぁ……はっ、ぁ！」

覆い被さるように穿つ牙王丸に抱かれながら、翠綺は早々に達した。

今宵はともに……と思っていたのに、我慢できず布団にまき散らしてしまう。

こんなにも心満たされる情交は初めてで、ふくれ上がるよろこびを抑えきれなかった。

「翠綺……っ」

「あ、ぁ……」

とろとろと糸を引いて滴り落ちる精を目にして、翠綺はいささか恥ずかしくなる。

牙王丸はいたくよろこんでいるようで、ますます勢いづいて男の動作を速めていった。

「はぁ、ん……んぅ――っ」

「――ハ、ッ……ハ……！」

牙王丸の体が、打ち寄せては引いていき、再び激しく打ち寄せる。

じっとりと濡れた肌と肌が張りついては剝がれて、なやましい音を立てた。

もはや快楽以外のなにもなくなり、翠綺は愛される幸福を強く意識する。

幸せとはこういうことなのだと、生まれて初めて知った心地がした。


牙王丸の腕を枕にして睦まじくすごしながら、翠綺は壁一面の格子に目をやる。

人払いされていて誰もいないが、やはり牢は牢だ。

なんとなく悪いことをしている気分になる。

「不謹慎《ふきんしん》だな、牢でこのようなこと」

翠綺がふふと笑うと、牙王丸も格子に目をやった。

「気にすることはない。大神様が、早く子を作るようにと仰せになったのだから」

「その件だが、いくら交わっても子作りにはならぬのだ」

さらにふふふ……ふふふと笑った翠綺に、牙王丸は不思議そうな顔をする。

子種をたくさん仕込んだ自覚のある彼には、翠綺がなにをいっているのかさっぱりわからないようだった。

「子は、ここに……もう出来ているゆえ」

牙王丸の手首をつかみ、翠綺は自らの下腹へと導く。

目を剝いておどろく牙王丸の鼻先に、軽く口づけた。

「この姿だとわからないが、龍になるとわかる。胎動を感じたのだ」

「——っ、まことか？」

「うむ。元気な子がいるぞ」

そう伝えた瞬間、牙王丸の黒瞳が爛々と輝く。

平凡な色の目だと思っていたが、よろこびに濡れ輝く様は翠眼にも碧眼にも劣らない、格別な光を宿していた。

「お前に似た、亥の子であればよいが」

「——どちらでも、愛しいことに変わりはない」

声を弾ませる牙王丸に、翠綺は「そうだなぁ」と返す。

己のものとは思えないくらい穏やかで、幸せに満ちた声が出た。

クロスノベルス様ではお久しぶりです、犬飼ののです。

本書を御手に取っていただき、ありがとうございました。


前作でも書かせていただきましたが、干支＝十二支ではなくて、本当はすごく複雑です。十二支神だと語呂が悪いので、干支神としました。

読み方も本当は寅神と書いて「いんしん」と読むべきで、辰神と申神は「しんしん」、巳神と子神は「ししん」のはずですが、混乱しないよう現代の動物の読み方を当てました。何卒御了承ください。


物語は、前作で散々な目に遭い、大暴れした翠綺のお話でした。

前作からだいぶ時間が経ってしまいましたが、やっと翠綺を落ち着かせることができてよかったと思っています。

前作を読んでくださった方々から「翠綺にいい相手を！」と御要望をいただきましたが、いかがでしたでしょうか？


今回もｙｏｃｏ先生のイラストが本当に美しくて、感動しています。

あとがき

実はすごく御迷惑をおかけしてしまったので、申し訳ない気持ちとありがたい気持ちが混ざり合って、拝見していると泣きそうになります。

最後になりましたが、この本を購入してくださった読者様と、ｙｏｃｏ先生、関係者の皆様に心より御礼申し上げます。

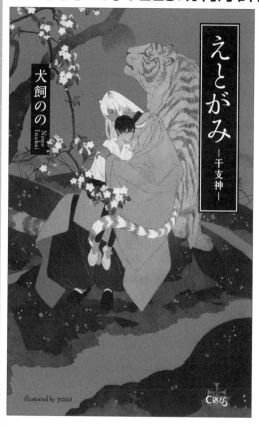

CROSS NOVELSをお買い上げいただき
ありがとうございます。
この本を読んだご意見・ご感想をお寄せください。
〒110-8625
東京都台東区東上野2-8-7　笠倉出版社
CROSS NOVELS 編集部
「犬飼のの先生」係／「yoco先生」係

CROSS NOVELS

えとがみ
―干支神―
辰神は童貞太子に愛される

著者

犬飼のの

2023年10月23日　初版発行　検印廃止

発行者　笠倉伸夫

発行所　株式会社 笠倉出版社
〒110-8625　東京都台東区東上野2-8-7　笠倉ビル
[営業]TEL　0120-984-164
FAX　03-4355-1109
[編集]TEL　03-4355-1103
FAX　03-5846-3493
https://www.kasakura.co.jp/
振替口座　00130-9-75686

印刷　株式会社 光邦

装丁　Asanomi Graphic

ISBN 978-4-7730-6386-8
Printed in Japan